Für Sarah

Bibliografische Informationen der Deutschen
Nationalbibliothek. Die deutsche Nationalbibliothek
verzeichnet diese Publikation in der deutschen
Nationalbibliografie. Detaillierte bibliografische Daten
sind im Internet über http://dub.dub.de abrufbar.

© 2017 Hans G. Hirsch
Herstellung und Verlag:
BoD – Books on Demand, Norderstedt

Copyright-Inhaber: Hans G. Hirsch
2. Auflage 2023

ISBN: 9783743179875

Die Polizei kann den Vorstellungen von Menschenwürde und Freiheit nur folgen, wenn unsere Gesellschaft sich selbst an diesen Vorstellungen orientiert.

Gustav Heinemann

Unser Leben ist dem Tod manchmal näher als wir glauben wollen!

Die Polizei arbeitet 365 Tage im Jahr

...und dann kommen noch die Nächte dazu!

Inhaltsverzeichnis:

Der rote Omega
Ein sonderbarer Einbrecher
Der wahre Freund und Helfer
Die Tränen des Riesen
Der Wert des Menschen – 1. Teil
Der Wert des Menschen – 2. Teil
Einsatz in Ehrenfeld
Sind 100 Prozent zu wenig?
Mützenwechsel
Jump Run
One more night
Geheimtreffen
Wenn Hilfe immer Hilfe wäre
Nachmittagsschlaf

Prolog

Die nachfolgenden Erlebnisse könnten sich tatsächlich so oder so ähnlich abgespielt haben. Um die Privatsphäre der Beteiligten zu wahren, habe ich jedoch bestimmte Details verändert und auch meine persönliche Meinung, die absolut subjektiv ist, eingebracht.
Aber die Erzählungen sind gar nicht so weit von der Wirklichkeit entfernt.
Manchmal überhaupt nicht.

Auch die Namen werden dem einen oder anderen irgendwie bekannt vorkommen. Aber diese Personen mit dem Geschehen in Einklang zu bringen, wäre völlig absurd. Eventuelle Übereinstimmungen wären rein zufällig und keinesfalls gewollt.
Ebenso sind die Taten nicht unbedingt an den beschriebenen Orten passiert. Einige der Tatorte lassen eine gewisse Vorliebe für eine deutsche Großstadt

mit K. im Bundesland Nordrhein-Westfalen erkennen.
Aber das Verbrechen muss nicht mit der Größe der Stadt wachsen. Auch eine Kleinstadt oder ein kleines Dorf können ein entsprechendes Podium bieten.
Dann sind in der Regel zwei Polizisten auf sich allein gestellt. Mit schneller Unterstützung, wie in den Großstädten, ist aufgrund der negativen Polizeidichte lange Zeit nicht zu rechnen, wenn überhaupt.

Eine Geschichte, die rein erfunden ist, wird man in diesem Buch nicht finden.
Immer spielt die Wirklichkeit mit und die kann grausam sein.

...oder ist es doch der Mensch selbst?

Hans G. Hirsch

Das zweite Leben

Polizeigeschichten
zwischen Traum und
Wirklichkeit

Ein Roman
mit vierzehn Episoden

Der rote Omega

Polizeimeister Engels war neunzehn Jahre alt Erst neunzehn Jahre alt! Es war sein erster Nachtdienst. Sein Streifenpartner auf dem Beifahrersitz musterte ihn intensiv, was dem jungen Polizeibeamten natürlich nicht entgangen war. Jedoch wagte er nicht zu fragen, was seinen älteren Kollegen dazu bewegte, ihm jetzt schon mehrmals einen prüfenden Blick von der Seite zuzuwerfen.
Stefan Engels war erst knapp einen Monat auf dem Polizeirevier in Ditzingen, in der Nähe von Stuttgart.
Genauer gesagt war sein Dienstort ein Randbezirk von Stuttgart mit direkter Anbindung an die Baden-Württembergische Landeshauptstadt.

Die schwäbische Großstadt bietet historische und moderne Architektur, eine sehr lebendige Kunst- und auch Kulturszene, internationale Events, den VfB, sowie das Neckarstadion.
Außerdem ist Stuttgart der Sitz des Landtages von Baden-Württemberg. Stuttgart hat über 600 000 Einwohner, verteilt auf dreiundzwanzig Stadtbezirke.

600 000 Einwohner und er, Stefan, der Junge, der aus einem 600 Seelen-Dorf kam.
Nun war er da, zwar am Randbezirk, aber doch unmittelbar dabei.
Fast mittendrin!
Mit vielen Paragraphen im Kopf aber null Erfahrung.

Ein Randbezirk war es im wahrsten Sinne des Wortes, da gerade in dieser Gegend die einfachste Schicht unserer Gesellschaft eine Bleibe gefunden hatte, die von der Stütze noch einigermaßen getragen werden konnte. Selbst arbeiten, sich etwas aufbauen? Das war nur kalter Kaffee. Kaffee? Falsches Stichwort! An erster Stelle stand der Alkohol. Auf den konnte und wollte ein bestimmtes Klientel nicht verzichten. Der machte frei und schaffte immer wieder Antrieb für neue Straftaten, wobei sich das Unrechtsbewusstsein nahe Null eingependelt hatte. Natürlich sind damit nur diejenigen Bürger gemeint, die intern als Kundschaft der Polizei bezeichnet werden. Eine Randgesellschaft im Randbezirk mit eigenen Gesetzen.
Dachte man dort zumindest!
Es war 20.30 Uhr und immer noch hell. Die Sonne, die den zu Ende gehenden Tag treu

erhellt hatte, wirkte deutlich nach. Es war noch früh am Abend. Der Beginn einer langen Schicht. Einer langen Nachtschicht!

Polizeiobermeister Lell drehte sich jetzt vom Beifahrersitz stark nach links. Jedoch nicht um den bereits schon mehrmals anvisierten Polizeimeister Stefan Engels noch näher betrachten zu können, sondern lediglich zum Ablesen der Außentemperatur am Fahrerdisplay. Zweiundzwanzig Grad zeigte das analoge Gerät an.

Was bringt wohl die Nacht?, dachte Polizeiobermeister Lell noch, als er durch eine hektische Stimme aus seiner Gedankenwelt gerissen wurde. Der Funkspruch war trotzdem knapp und wie meistens in Befehlsform gehalten. „Fahren Sie Gasthaus Adler! Dort will ein offensichtlich Betrunkener mit dem Auto wegfahren. Der Anrufer meinte, dass das nicht gut gehen könne. Denken Sie aber an die Reihenfolge! Erst Gefahrenabwehr, dann Repression", fügte die allzu bekannte Stimme von Polizeihauptmeister Herbert Gernold hinzu, der die erste Nachthälfte Funkdienst hatte. Engels leitete nahezu eine Vollbremsung ein, drehte den Streifenwagen nach amerikanischem Vorbild um die eigene Achse und fuhr die achthundert Meter zum besagten Tatort zurück. Bereits dreißig Sekunden später waren die beiden Jungspunde in Diensten der Polizei am Ziel. Lell war ebenfalls noch sehr jung: Vierundzwanzig Jahre.

Die Lage wurde sofort richtig eingeschätzt. Der schwergewichtige Mann, Mitte fünfzig, mit blauer Arbeitsmütze, versuchte seinen Schlüsselbund zu analysieren. Oder besser gesagt, er suchte einen passenden Schlüssel für seinen roten Opel Omega, der noch vor der Gaststätte stand. Dabei musste er sich so stark konzentrieren, dass er seine Umwelt überhaupt nicht mehr wahrnam, von den Ausfallschritten in alle möglichen Himmelsrichtungen ganz zu schweigen. Auch die beiden jungen Polizisten, die seine Kinder hätten sein können, bemerkte er nicht, obwohl sie inzwischen bereits ein paar Minuten neben ihm standen.
„Lassen Sie's lieber!" Der junge Engels war Lell zuvorgekommen, der nur noch „Polizei" ergänzen konnte. *Mist, das habe ich vergessen,* dachte Engels, wir sollen doch dem Gegenüber immer genau zu erkennen geben,

wer wir sind. Langsam drehte sich der schwer atmende Mann zu den Beamten herum und schaute ungläubig auf die Uniform der jungen Männer.

Inzwischen kam noch eine Frau Mitte fünfzig aus der Gaststätte, die sich als die Ehefrau des Adlerwirtes vorstellte. Auch sie hatte bereits dem Alkohol nicht unerheblich zugesprochen, wie Engels seinem Kollegen Lell mit einem eindeutigen Seitenblick und einer entsprechenden Handbewegung, bei der er seine Hand theatralisch zum Mund führte, signalisierte.
Mit verwaschener Aussprache versuchte der Mann, jetzt schon stark schwitzend, die Situation zu retten, wusste er doch trotz seines Zustandes genau, um was es hier ging.
„Also, ich, äh ja, die … Jacke, äh ich wollte nur meine Jacke aus dem Auto holen und dann ein Taxi anrufen, habe zwar nur ein kleines Bier getrunken und … und ich brauche meinen Führerschein. Ihr kennt mich doch, ich bin der Adlerwirt selbst. Ich fahre aber nebenbei noch Lkw bei der Firma Bürger. Wisst ihr doch, Maultaschen, ihr kauft ja dort auch immer im Werksverkauf."
Wieder zeigte sich Engels spontan und be-

lehrte den leicht schwankenden Mann: „Sie wissen aber auch, dass wenn wir Sie fahrend angetroffen hätten, ... dass dann ihr *Pappendeckel* weg gewesen wäre."

„...und mein Arbeitsplatz ebenfalls", ergänzte der immer noch schwitzende, dafür aber um so erleichterte Mann.

„Eigentlich müssten wir jetzt ihren Fahrzeugschlüssel sicherstellen, aber Sie haben den Sachverhalt verstanden und auch die Folgen erkannt. Sie lassen Ihr Auto stehen!"

„Ja natürlich. Aber ich gehe noch mal kurz in die Gaststätte und rufe von dort aus ein Taxi an. Mein Auto bleibt stehen, so wahr ich der Adlerwirt bin. Hand aufs Feuer", verunstaltete er die bekannte Redensart und drehte sich von den Polizisten weg.

Zufrieden trottete dann der Schwergewichtige zurück in Richtung seiner Gaststätte, wo er nach einigen Ausfallschritten die schwere Eichentür scheinbar mühelos öffnete. „Mit dem möchte ich nicht unbedingt kämpfen", hörte sich Lell respektvoll mit einem verlegenen Seitenblick zu seinem Kollegen sagen. Der war jedoch mit seinen Gedanken beschäftigt, ob es nicht vielleicht doch besser gewesen wäre, wenn man an einer verdeckten Stelle gewartet und den Mann dann dort abgepasst hätte. Doch traute er sich nicht seine Gedanken an den weitaus erfahreneren Obermeister weiterzugeben. Aber wie hatte Polizeihauptmeister Gernold über Sprechfunk gesagt: Prävention vor Repression!

„Und jetzt zu Ihnen gute Frau. Sie können ebenfalls nicht mehr fahren, also seien sie vernünftig!"
„Da haben sie recht, außerdem habe ich gar keinen Führerschein."

Im Streifenwagen wurde der erforderliche Funkspruch abgesetzt: „Lage im Griff, konnten eine Trunkenheitsfahrt verhindern! Wollen aber ganz sicher gehen, dass der nicht mehr fährt und setzen deshalb die Streife erst nach einer kurzen Wartezeit fort."
Lell wollte den Adler noch eine angemessene Zeit verdeckt observieren. Sicher ist sicher!

Als jedoch etwa zehn Minuten später ein Taxi an der Gaststätte anhielt, startete Engels den Motor und fuhr, ohne seinen Dienstvorgesetzten vorher zu fragen, weg. Lell musterte ihn jetzt erneut und murmelte nur etwas wie: „Das ging aber schnell." Engels sah ihn fragend an, fuhr aber trotzdem weiter.

Und tatsächlich wäre die eine Minute Wartezeit noch wichtig gewesen. Dann wäre den beiden Beamten auch nicht entgangen, dass lediglich die Dame ohne Führerschein in das Taxi einstiegen war und der Wirt nach einem kurzen, heftigen Disput allein zurückblieb.
„Kleinstunfall in der Bauernstraße", tönte es aus dem Funklautsprecher. „Keine Verletzten!" Lell quittierte mit den Worten: „Klar, fahren an."

Der Kleinstunfall war schnell aufgenommen. Die junge Frau hatte beim Ausparken einen Frührentner, der auf der Bauernstraße unterwegs gewesen war, übersehen.
„Ein sogenannter: Muss-auch-noch-schnell-zu-Rewe-Unfall", spottete der junge Engels beim Wegfahren von der Unfallstelle. Lell war überrascht von der Lebenserfahrung des Neunzehnjährigen ...

Von der Bauernstraße ging es wieder zurück auf die B 295 in Richtung Leonberg.
Die beiden Kollegen schauten sich plötzlich erschrocken an. War er das nicht? Fuhr da nicht ...? Doch, das musste er sein! Ein Opel Omega fuhr vor ihnen. War der nicht rot? Der Pkw fuhr in weit ausholenden Schlangen-

linien, sodass die gesamte Gegenfahrbahn miteinbezogen wurde.
Im Fahrzeug saßen zwei Personen. Ein Mann und eine Frau. Er fuhr.
„Mein Fall", kam Engels jeglicher Äußerung von Lell zuvor. Der ging aber nicht darauf ein. „Überholen wird schwierig, versuch's doch vorne, kurz vor der Kreisgrenze!" Es klappte.
Nach circa fünfhundert Metern erkannte der Fahrer die rotweiße Kelle und wurde langsamer, bis er kurz vor dem Stillstand den Motor abwürgte und mit eingeschalteter Zündung auf der rechten Fahrspur stehen blieb.
„Wir kennen uns doch!" Wieder war es Engels, der den ersten Satz für sich in Anspruch nahm.
Hinter dem Steuer saß ein übergewichtiger Mittfünfziger mit blauer Arbeitsmütze, stark schwitzend. Auf dem Beifahrersitz eine gepflegte Frau mittleren Alters.
Mit seinem zweiten Satz: „Bitte Ihren Führerschein und Fahrzeugschein", riss PM Engels die Sachbearbeitung endgültig an sich.
Engels erklärte dem auf dem Fahrersitz immer mehr schwitzenden Mann die weiteren Maßnahmen: „Sie führten ein Kraftfahrzeug

im öffentlichen Straßenverkehr, offensichtlich unter alkoholischer Beeinflussung. Wir haben Sie gewarnt und Sie waren sogar einsichtig, also zunächst. Und jetzt, nur eine halbe Stunde später, treffen wir Sie fahrend an. Den weiteren Ablauf haben Sie uns noch vor der Gaststätte selbst erklärt.
Jetzt fahren wir zur Blutprobe nach Leonberg. Das heißt, wir führen vorher noch einen Alcotest durch, wenn Sie damit einverstanden sind."
„Ja, ja, Sie machen nur Ihre Arbeit, geben Sie mir das Ding, will selber sehen, was ich intus habe!"
Nach drei untauglichen Versuchen kam doch noch ein Ergebnis zustande: 2,6 Promille!
„Also ein kleines Bier", wiederholte Engels zweifelnd die Aussage des Mannes mit der blauen Mütze noch vor der Gaststätte.
„Steigen Sie bitte bei uns ein, wir fahren, wie schon gesagt, nach Leonberg zur Blutentnahme."

Aber etwas war noch unklar. „Die Dame auf dem Beifahrersitz ... das ist doch nicht Ihre Frau", stellte Lell fest, als er mit seiner Taschenlampe ins Wageninnere leuchtete.
Der Mann atmete tief durch.

„Ja ... nein, sie ist meine Bedienung, und die ist ... völlig nüchtern und, ihr werdet es nicht glauben, sie hat sogar einen Führerschein. Eigentlich ... eigentlich müsste ich mich jetzt aufhängen!"

„Er wollte es doch so", versuchte PM Engels mit seinem Beifahrer ein Gespräch zu beginnen. Die beiden Polizeibeamten waren bereits auf der Rückfahrt vom Kreiskrankenhaus Leonberg und fuhren gerade in Gerlingen ortsauswärts. Dort hatten sie ihren Probanden Zuhause abgeliefert. Er hat sich noch höflich bedankt. Von seinem Vorhaben, sich einen Strick zu nehmen, hatte er jedoch inzwischen Abstand genommen.

Als die beiden Polizisten bereits die Lichter von Ditzingen sahen, fasste der junge Engels seinen Mut zusammen und stellte die Frage, die ihm schon lange auf den Lippen lag: „Warum hast du mich bei Streifenbeginn so angestarrt?"
Lell erschrak zunächst. Er dachte kurz daran, Engels irgendetwas zu erzählen. Aber er wollte ja ein Vertrauensverhältnis aufbauen und entschied sich deshalb anders. „Tut mir leid, habe dich falsch eingeschätzt. Ich dachte

einfach, dass du zu jung bist für die Polizei, fast noch ein Kind. Aber wie schon gesagt, habe es falsch eingeschätzt. Du hast es mir eben bewiesen. Und jetzt fahren wir zum Revier. Schreibarbeiten!"
Stefan Engels lächelte zufrieden.
Darauf hatte er gewartet. Er war angekommen, gleich im ersten Monat und sogar in der ersten Nacht.
Es war am Anfang nicht leicht, wenn man von der Bereitschaftspolizei zu einem richtigen Polizeirevier versetzt wird. Aber jetzt hatte er den ersten Schritt geschafft.
Der weitere Nachtdienst brachte nur noch einige Ruhestörungen und einen Privatstreit zwischen zwei Nachbarn.

Zufrieden fuhr Engels am nächsten Morgen pünktlich um 06.15 Uhr, mit seiner Benelli 750 SEI zur Ditzinger Gaststätte Ochsen. Dort hatte er ein kleines Doppelzimmer, das er mit dem Kollegen Rudolph von der Gegenschicht teilte.

Ein sonderbarer Einbrecher

„Es ist ärgerlich im Winter zum Nachtdienst zu fahren. Der Tag neigt sich dem Ende zu, draußen ist es schon dunkel und morgen früh bei der Heimfahrt ... ja, dann auch noch oder besser gesagt immer noch. Und wenn dann die Sonne aufgeht, wenn deine Umwelt auflebt und sich zu regen beginnt, dann schläfst du hoffentlich ein.
Verrückte Welt im Schichtdienst. Warum mache gerade ich das mit? Die Gedanken wirbelten durch Flohes Kopf, während er mit seiner Honda CB 750 F2 zum Polizeirevier fuhr.

Gegen 20.00 Uhr, kurze Besprechung, Lageeinschätzung. Streifeneinteilung.
„Flohe macht mit Konopka die erste Streife, dann sehen wir weiter", schloss der Dienstgruppenleiter, Polizeihauptkommissar Otto Neckermann, seinen kurzen Vortrag über die aktuelle Lage, nachdem er außer ein paar allgemeinen Fahndungen nichts Weltbewegendes von sich gegeben hatte. Polizeimeister Konopka griff sich sofort den Fahrzeugschlüssel, wohl wissend, dass Polizeiober-

meister Flohe mehr ein Freund des Beifahrersitzes war.

Maschinenpistole, Funkmappe, Taschenlampen und Handfunksprechgeräte. Alles in die Bereitschaftstasche, noch ein paar Worte mit den Kollegen wechseln, dass man heute Nachmittag auch schlecht geschlafen habe und das Kopfweh durch die fast schon obligatorischen Tabletten nicht wegzubringen sei. Dann ab in die Garage zu den Streifenwagen, die dort ordentlich in Reih und Glied standen. Erste Streife von 20.00 - 24.00 Uhr. Draußen ist es dunkel. Klar, was auch sonst.

Konopka fuhr zuerst zum Bahnhof, um nachzusehen, wer sich da heute Abend so herum treibt. Dann in die Innenstadt: Wer ist dort unterwegs? Potentielle Kundschaft erahnen. Eine konstruktive Übersicht gewinnen.
Gegen 20.30 Uhr dann der erste Einsatz. Polizeiobermeister Flohe nahm den Funkhörer in die linke Hand und meldete sich mit seinem Fahrzeugnamen "5/25 hört."
„Fahren Sie Berrenrather Straße 34, in Sülz, dort verdächtige Personen im Gebäude, die Mieter aus dem ersten Stock haben Geräusche in der unteren Wohnung gehört.

Laut deren Angaben sind die Vermieter, die im Parterre wohnen jedoch im Urlaub und kommen erst nächste Woche zurück. Könnten deshalb Einbrecher sein! Also Beeilung, passen Sie aber auf!"
War der Zusatz von Neckermann Fürsorge oder Floskel?
Polizeimeister Konopka sah seinen Beifahrer kurz an, trat aufs Gas und wendete an der nächsten Einmündung. Flohe drehte sich nach hinten und griff nach der Maschinenpistole, die er links neben sich in den Fußraum legte. *MP? Ja es ist vielleicht besser,* dachte sich Flohe, als ihm Konopka einen skeptischen Blick zuwarf. Harald Konopka war erst neunzehn Jahre alt, wusste aber natürlich inzwischen, wie man einen Tatort anfährt. Auf keinen Fall mit Martinshorn, nur Blaulicht, wenn überhaupt! An der letzten Querstraße anhalten, dann den Rest zu Fuß. Wir wollen das Überraschungsmoment auf unserer Seite haben. Den Rest also zu Fuß. „In den Tatortkrimis am Sonntagabend wird das regelmäßig falsch gemacht!", erklärte Flohe seinem Streifenpartner.
Vor dem Objekt genügte ein kurzer Blick und Konopka wusste, dass er nach hinten laufen sollte, während Flohe die Haupteingangsseite

übernahm. Flohe war der Ältere: Einundzwanzig Jahre alt!
Zuerst der routinemäßige Griff an die Haustür. Dann der Schock, die Tür war nicht verschlossen.
Geräuschlos bewegte sie sich nach hinten. Im Innern brannte Licht. Flohe konnte nichts hören. Kein verdächtiges Geräusch. Vorsichtig ließ er sich durch die inzwischen nach vorne oben gehaltene MP in den inneren Eingangsbereich ziehen. Immer noch nichts zu hören. Absolute Ruhe. Konopka stand noch hinten. Ihn holen? Nein, er musste weiter.
Allein!
Flohe war noch zwei Meter von einer rechtwinkligen Biegung des Flurs entfernt, als er plötzlich Schritte hörte. Langsame Schritte, die sich in seine Richtung bewegten.
Der Einbecher?
Jetzt die Flucht nach vorne! Im nächsten Bruchteil einer Sekunde war er an der Ecke, riss die MP nach links, drehte seinen Körper hinterher und stand als lebende Zielscheibe vor einem Mann.
Der hielt eine Pistole in der Hand, die in bedrohlicher Weise auf Flohe zeigte. Sein Gehirn arbeitete auf Hochtouren: *Jetzt*

schnell zurück ... nein, zu spät! Dann schießen! Nein, mir steht doch ein Mensch gegenüber. Wie war es im Krieg: Er oder ich? Auf ihn zugehen? Das wäre der größte Fehler gewesen. Dann hörte sich Flohe laut und kräftig rufen: „Pistole weg, fallen lassen, sonst kracht's!" Das alles spielte sich im Bruchteil einer Sekunde ab.
Jetzt herrschte eine beunruhigende Stille. *Vielleicht doch er oder ich*, dachte Flohe und sah sich in diesem Fall schon als Verlierer. Wartete förmlich auf den Knall, der seine Leben beenden würde.
Die Stille dauerte ewig an, bis Flohe ein lautes Klirren hörte. Dann einen zweiten, etwas leichteren Aufschlag!
Totenstille!
Die Pistole seines Gegenübers lag auf dem harten Steinboden. Eine Griffschale hatte sich beim Aufprall gelöst. Der junge Mann auf der anderen Seite nahm die Hände hoch, zitterte und erst jetzt, für Flohe war es die nächste Ewigkeit, rief er mit ausgehöhlter Stimme: „Nicht schießen! Bitte nicht!"
Flohe erkannte, dass er die Situation im Griff hatte und freute sich schon im Voraus auf die Funkmeldung: *Täter auf frischer Tat festgenommen. Wir kommen mit einer Person zu-*

rück zum Polizeirevier.
Diese Meldung ist für jeden Polizeibeamten ein besonderes Erfolgserlebnis!
Beim nächsten Blick auf sein Gegenüber tat ihm der junge Mann fast schon wieder leid. Ein Häuflein Elend. Hilflos, leichenblass und unbeweglich stand er da. Dann versuchte er sich zu sammeln. Immer noch die Hände weit über seinen Kopf gestreckt, brachte der vermeintliche Einbrecher, nachdem Flohe mit der MP im Anschlag langsam auf ihn zuging, jetzt ein paar Wortfetzen hervor: „Bitte nicht, bitte, ich ... ich ... halt! Es ist ganz anders", sprudelte es jetzt aus ihm heraus. „Ich bin's gar nicht. Also meine Eltern sind im Urlaub und ich wollte nach dem Rechten sehen. Die da oben, unsere Mieter, haben mich angerufen. Ich bin dann sofort hergelaufen. An die Polizei habe ich nicht gedacht. Entschuldigung. Entschuldigung, es tut mir leid." Er schaute ängstlich auf Flohes Waffe. „Könnten Sie bitte die Maschinenpistole herunternehmen?" Flohe nickte. Er nahm die auf dem Boden liegende Pistole an sich.
Dann der nächste Schock. Es war eine ... Spielzeugwaffe, täuschend echt zwar, aber: 0,0 Joule! Jedoch aufgebohrt! Kein geschlossener Lauf.

Auf den ersten Blick sah sie täuschend echt aus.

Flohe blickte den jungen Mann fragend an.

„Ja, es war so", fuhr dieser, wieder einigermaßen gefasst, fort. „Also die oben, unsere Mieter, haben mich angerufen, wie ich schon gesagt habe. Sie hätten Geräusche aus der Wohnung meiner Eltern gehört, obwohl die ja im Urlaub sind.

Ich wohne nur eine Straße weiter und da ich selbst auch Angst hatte, habe ich mir meine alte Spielzeugpistole geschnappt, um dadurch etwas Sicherheit zu bekommen. Ja, ich weiß, ich hätte es nicht tun sollen. Wie oft liest man, dass man in solchen Situationen keinesfalls den Helden spielen soll. Aber dann habe ich meine anfängliche Angst überwunden und bin losgegangen. Habe die Tür aufgeschlossen und bin einfach reingegangen. Drinnen habe ich dann tatsächlich Stimmen gehört und bin vorsichtig ins Wohnzimmer. Natürlich habe ich mir so etwas schon gedacht. Es war der Anrufbeantworter.

Aus irgendeinem Grund spielte er die in der letzten Woche eingegangenen Gespräche ab. Wohl eine Fehlfunktion."

„Vielleicht war er voll", bastelte Flohe zweideutig an einer Erklärung und war froh, wieder seinen Humor gefunden zu haben, erkannte aber gleich anschließend, dass die Bemerkung im Moment doch nicht so passend war. „Ja, ja", nickte der junge Mann, der die Zweideutigkeit von Flohes Bemerkung offensichtlich nicht so richtig verstanden hatte.

„Also", wollte Flohe noch einmal zusammenfassen. „Niemand unberechtigt im Haus, sie sind der Sohn des Eigentümers. Ihren Ausweis möchte ich aber noch sehen und auch noch kurz mit ihren Mietern sprechen. Dann können wir wieder gehen."

Konopka stand inzwischen mit einem fragenden Blick hinter Flohe, immer noch die Pistole im Anschlag. Flohe gab Entwarnung. Zwar hatte Konopka noch nichts verstanden, steckte aber seine Pistole etwas ungläubig zurück ins Holster.

„So und jetzt ist noch das klärende Gespräch mit Ihren Mietern offen", sagte Flohe im Weggehen und stieg die dunkle Eichentreppe hoch. Die Frau von oben, am Klingelschild stand der japanische Name Okudera, öffnete und stand fragend vor Flohe.

„Es war nichts. Der Anrufbeantworter ist wohl angegangen. Vielen Dank für die

Mitteilung, wir sind sehr froh über aufmerksame Nachbarn. Also nochmals vielen Dank."

„Nur", ergänzte Flohe, „wenn Sie das nächste Mal anrufen, dann bitte der Polizei gleich sagen, dass Sie den Sohn Ihrer Vermieter beeits vorher verständigt haben, Frau Okudera!"

„Ja.", sagte die Frau mit einem freundlichen Lächeln, während sie sich dabei mehrmals verbeugte, obwohl sie es vermutlich nicht so richtig verstanden hatte.

„Unsere deutsche Sprache ist noch nicht so gut. Wir kommen aus Japan und sind erst ein halbes Jahr hier in Deutschland", fügte sie entschuldigend hinzu.

„Alles klar, und nochmals vielen Dank", verabschiedete sich Flohe von der immer noch freundlich lächelnden und sich immer wieder verbeugenden Frau.

Er selbst versuchte dabei auch eine Verbeugung anzudeuten.

Erst ein halbes Jahr in Deutschland und kann doch so gut Deutsch, dachte der junge Polizeibeamte beim Verlassen des Hauses.

Wenn ich ein halbes Jahr in Japan wäre, ob ich dann auch so gut Japanisch sprechen könnte? Nein, das glaube ich nicht, unmöglich, schloss Flohe seine Gedanken ab, die ihn vom gerade Erlebten auch etwas ablenken sollten!

Im Streifenwagen ergriff Flohe dann den Funkhörer, drückte die Sprechtaste und meldete dem Polizeirevier: „Setzen Streife fort, keine Täterfestnahme, Näheres auf der Dienststelle."

Erst zehn Minuten später stellte Konopka die Frage, die Flohe schon seit geraumer Zeit im Kopf herumgegangen war: „Warum hast du eigentlich nicht geschossen? Die Voraussetzungen waren doch gegeben.

Beim Polizeifachlehrgang haben wir einen ähnlichen Fall rechtlich beurteilt. Eigentlich hättest du schießen müssen.", verlieh er seiner Aussage abschließend nochmals Nachdruck.

„Dann hätte morgen in der Bildzeitung gestanden: „Polizei erschießt Hauseigentümer. Und im Express auch!", ergänzte Flohe.

„Und außerdem, wir sind hier nicht beim Polizeifachlehrgang, sondern in der Praxis."

Die nächste halbe Stunde blieb es still in dem Streifenwagen, der sehr langsam durch die nächtliche Stadt fuhr.

Um so lauter ging es aber dann am nächsten Morgen nach Beendigung der Nachtschicht in dem Polizeirevier zu.

Die Kollegen, die bereits durch die Frühschicht abgelöst worden waren, saßen noch im Aufenthaltsraum zusammen und kauten genüsslich an den frischen Laugenbrötchen.
Die letzte Streife hatte sie bereits um 04.30 Uhr bei der Bäko geholt!
Jeder Kollege brachte seine Meinung zu dem Vorfall in Sülz ein.
Aber es ist ein sehr großer Unterschied, ob man einem Menschen mit einer Pistole in der Hand gegenübersteht oder ob man gemütlich am Tisch sitzt und nach reiflicher Überlegung und Prüfung aller Fakten seine Entscheidung kundgibt!

Der wahre Freund und Helfer

Im Polizeirevier ging es sehr lautstark zu. Die diensthabende Schicht hatte sich um den Funktisch herum versammelt. Die Dienstgruppe C war heute Nacht mit fünf Beamten besetzt.
Das große Revier war ansonsten leer. Die Tagesdienstler genossen das Wochenende in seinem Anfangsstadium; es war Freitagabend, 20.30 Uhr.

Die Diskussion wurde sehr intensiv geführt. „Wenn jedes Auto nur einen kleinen Chip eingebaut hätte, also bereits bei der Herstellung, dann könnten wir in der Zentrale doch jede Bewegung nachvollziehen. Das wäre zwar jetzt noch ein unübersichtliches Knäuel, aber so gegen 3.00 oder 4.00 Uhr, könnten wir dann feststellen, wer sich an unseren gefährdeten Objekten oder in deren Nähe aufhält. Dann könnten wir gezielt mit zwei Streifen dort anfahren und zuschlagen."
Polizeimeister Prestin war in seinem Element. Er wollte gerade mit seinen Ausführungen fortfahren, als Dienstgruppenführer Hofmann ermahnend seine linke Hand hob:

„Dieter, du bist noch jung und wie ich sehe, willst du mit aller Gewalt deinen ersten Einbrecher auf frischer Tat erwischen. Das ist schon okay, aber wir leben in einem Rechtsstaat. Willst du, dass wir hier genau wissen, wann und wo du mit deiner Freundin am Wochenende in der Gegend herumfährst oder hinter welcher Scheune du mit deinem Auto stehst?"
„Nein, das meine ich nicht. Es dürften natürlich nur die Fahrzeuge auftauchen, deren Besitzer bereits etwas auf dem Kerbholz haben, die polizeibekannt sind. Dann müsste auf unserer Karte ein rotes Licht aufleuchten und dann würde…"
„Dieter", unterbrach ihn Hofmann mit einem väterlichen Ton in seiner sonoren Stimme, „jetzt mach mal nicht die Pferde scheu, ihr jungen Leute seid uns natürlich im Umgang mit Computern, Smartphones und so weiter überlegen und weit voraus, aber wir haben nun mal ein Polizeigesetz und an das muss sich auch ein junger aufstrebender Beamter halten. Schau doch mal etwas genauer hin, dann wirst du schnell erkennen, dass wir bestimmte Maßnahmen oft mehr absichern müssen, als es uns lieb ist! Und zu deiner Beruhigung und Ablenkung fährst du jetzt

mit Polizeihauptmeister Müller auf Streife, bis so gegen 23.00 Uhr. Dann sind zwar zwei Dieter unterwegs; das sehe ich aber nicht als ein Problem an.
Anschließend habe ich noch eine besondere Überraschung für dich: Du fährst auch die letzte Streife, aber dann mit mir. Da kannst du dann deinen Täter auf frischer Tat festnehmen, jedoch auf die alte, bewährte Art. Orts- und Personenkenntnis und das richtige Gespür, und jetzt raus mit euch. Theorie ist aus. Die Praxis ruft."

„Was heute so alles in der Stadt unterwegs ist", murmelte Polizeihauptmeister Dieter Müller vor sich hin. Prestin fuhr jetzt schon das dritte Mal durch die Fußgängerzone, im Schritttempo versteht sich.
Müller beugte sich zu Prestin: „Fahr doch mal ins Industriegebiet, Dieter. Mir scheint, die Leute hier wollen nur ausgehen und Spaß haben. Das ist nicht unsere Kundschaft!"

Wenig später torkelte ein hell gekleideter Mittfünfziger aus der Kneipe Münzklause und wäre fast in eine langsam vorbeifahrende, schwarzrote Triumph Bonneville T 100 gelaufen.

Der Motorradfahrer hatte aber sofort reagiert und konnte dem sichtbar Angetrunkenen, der sich jetzt bereits auf der anderen Straßenseite befand, gerade noch ausweichen.

„Halt, Stopp!", ordnete Müller an und Prestin trat so stark auf die Bremse, dass beide durch den Schwung des Wagens nach vorne den Sicherheitsgurt aktivierten, wodurch aber die Windschutzscheibe und gleichzeitig ihre Köpfe geschont worden waren.

Müller, der Prestin einen vorwurfsvollen Blick zuwarf, stieg aus, und ging direkt auf den Betrunkenen zu, der sich inzwischen an einem Laternenmast festhielt.

„Mensch Franz!", sprach er den Mann an, „wohl wieder einen über den Durst getrunken! Du kannst doch so nicht heimlaufen. Eben hast du noch mal Glück gehabt. Das nächste Mal mäht dich einer um."

Geschickt nahm Müller Franz Proof, den er schon seit Jahrzehnten kannte, am Arm und zog ihn stützend zum Polizeiauto. „So, setz dich hinten hinein und gib Ruhe. Wehe dir aber, wenn du mir die Sitze vollkotzt!"

„Nach Lövenich, Moltkestraße!", lallte der Proof. Müller belehrte ihn sofort mit lauter Stimme: „Erstens weiß ich genau, wo du wohnst und zweitens sind wir kein Taxi.

Verstanden?" „Kein Taxi, dann seid ihr die Polizei in Grün", witzelte der Betrunkene und ließ seinen Kopf auf die Brust fallen. Im nächsten Moment war er eingeschlafen.
Jetzt meldete sich wieder Prestin zu Wort: „Da machen wir einen schönen Verbringungsgewahrsam draus, dass er auch wirklich weiß, dass wir kein Taxi sind. Ich muss nur später noch die Personalien erheben."
„Da machen wir aber mal gar nix draus", konterte Müller den Ausführungen des jungen Polizeimeisters. „Ich kenne den schon seit Ewigkeiten, das ist ein ganz vernünftiger Mensch, kann sogar ein sehr guter Freund sein. Außerdem war er mal mein Trainer, früher, als ich noch aktiv Fußball gespielt habe, damals draußen in Hürth ... und er war ein sehr guter Trainer.
Heute hat er halt mal einen zu viel gebechert, hatte auch persönliches Pech in letzter Zeit. Seine Freundin hat ihn sitzen lassen. Da werde ich einen Teufel tun und eine Gewahrsamsrechnung schreiben. Und du auch nicht! Sind wir uns da einig?"
Prestin wollte noch etwas sagen, beschloss aber dann, lieber ruhig zu bleiben und nickte seinem Vorgesetzten zu. Vielleicht hatte der ältere Kollege sogar recht, man muss auch

den Menschen sehen! *Aber wir haben doch auch unsere Gesetze,* sinnierte der junge Polizeibeamte im Stillen weiter.

Die Streife brachte Proof nach Hause und sorgte so dafür, dass dem Betrunkenen und auch anderen Personen, die eventuell mit ihm in irgend einer Weise zusammengekommen wären, nichts Weiteres passieren konnte.

Dass die Benzin- und Fahrtkosten durch Steuergelder finanziert werden, war auch Müller wohl bekannt. Doch in diesem Fall handelte er im Rahmen des Opportunitätsprinzips eigentlich völlig rechtmäßig.

Dieter Prestin fuhr weiter in Richtung Stadtwald Braunsfeld, vorbei am Müngersdorfer Stadion und dann auf der Aachener Straße zurück in Richtung Belgisches Viertel.

In dem Moment meldet sich der Wachhabende, Hauptkommissar Hofmann, über Sprechfunk: „12/23! Fahren Sie Junkersdorf. Dürener Straße. Dort Familienstreit. Lebensgefährte bedroht den Sohn seiner Lebensgefährtin!"

Bei der Polizei wird über Sprechfunk nur *per Sie* gesprochen!

„Es ist doch immer wieder dasselbe", konnte sich Müller nicht verdrücken, als er miss-

mutig das Blaulicht einschaltete. „Fahr schnell, aber vorsichtig, dann brauchen wir das Martinshorn nicht", erklärte er Prestin, „die Leute sollen ihre Ruhe haben, es ist schon nach 22.00 Uhr. Außerdem ist heute relativ wenig Verkehr. Wir wollen ankommen und wenn uns etwas passiert, schaffen wir genau das nicht."
In Junkersdorf fuhren sie an einer größeren Wohnsiedlung vorbei, alles Blöcke mit fünfzehn bis zwanzig Wohneinheiten oder sogar noch mehr. Sie kamen zu einem großen, blauen Wohnblock. Hier waren sie richtig. Müller meldete sich und seinen Kollegen am Sprechfunk außerhalb des Fahrzeugs.
Hofmann bestätigte und ergänzte, dass er bereits eine weitere Streife in Richtung Junkersdorf geschickt habe.
„Okay", bestätigte Müller kurz.
„Und noch was", krachte es aus dem analogen Lautsprecher. PHK Hofmann meldete sich erneut. „Der Lebensgefährte hat ein paar Einträge im System, Körperverletzungen und dreimal Diebstahl. Passen Sie also auf! Und … die Eigensicherung nicht vergessen!"

Zweiter Stock. Sie liefen zügig die Treppen hoch, jedoch so kontrolliert, dass sie dabei

nicht außer Atem kamen. Man konnte nicht wissen, was einen da oben erwartete. Müller voraus und dahinter Prestin mit dem Pfefferspray in der linken Hand.
Bereits nach dem ersten Klingeln öffnete ihnen eine etwas in die Jahre gekommene Dame. *War bestimmt früher mal hübsch, aber inzwischen ... naja, so geht es uns allen mal,* dachte Müller und übernahm die Einsatzleitung und somit gleichzeitig auch die Wortführung: „Also, was ist genau los bei Ihnen?"
Die Frau schluchzte laut, bevor sie zu sprechen begann. „Mein Sohn aus erster Ehe kommt einfach mit meinem Lebensgefährten nicht klar. Björn ist erst fünfzehn und will sich von ihm nichts sagen lassen. Es kam wieder mal zu einem Streitgespräch zwischen den beiden und dann hat mein Björn geschrien, dass er sich von ihm gar nichts sagen lasse und er ja auch nicht sein Vater sei. Und dabei ist halt ein Stuhl umgefallen. Ich hatte Angst, dass es eskaliert. Mein Alter, also der Wolfi, hatte es eigentlich nur gut gemeint. Er hat sich jetzt aber wieder beruhigt. Sie sitzen beide im Wohnzimmer!"
Müller überlegte kurz und schaute dann Prestin an. „Dieter, ich schlage vor, du schnappst dir den Sohn; ich spreche mit dem

Alten, äh … mit dem Wolfi. Wir trennen uns und versuchen die aufgebrachten Gemüter jeweils in einem Einzelgespräch zu beruhigen. Traust du dir das zu?"
„Ja, klar, mache ich!"
Das Pfefferspray hatte der jüngere Polizeibeamte bereits wieder weggesteckt.
„Ich hatte früher mal Probleme, auch mit euch, das könnt ihr in euren Akten nachlesen. Es ist einiges in meinem Leben schief gelaufen, ... damals! Aber das ist jetzt vorbei, ich hab's inzwischen begriffen. Ich habe jemanden gefunden, für den es sich lohnt, ein ehrliches Leben zu führen. Und jetzt kommen die alten Geschichten wieder hoch, die ich dem Björn mal erzählt habe. Als Beispiel, wie man's nicht machen sollte. Wenn er jetzt etwas von mir und meiner Lebensgefährtin will und wir es ablehnen und ich dann versuche, es ihm zu erklären, dann kommen sie immer wieder hoch, die alten Geschichten von früher.
Es ist ein wahrer Teufelskreis."
„Kam es schon zu Handgreiflichkeiten?"
„Nein, so weit bin ich noch nicht gegangen. Ich hab aus meinen Fehlern von früher gelernt. Diese Zeiten sind endgültig vorbei."
„Und was war heute der Grund?"

„Er ist fünfzehn, wollte auswärts übernachten, und hat uns dabei auch noch angelogen."
„Hat er eine Freundin?"
„Ja."
„Wie alt?"
„Dreizehn."
„Also gut, ich werde mir den Jungen mal vornehmen, vielleicht hört er auf mich."
„Ja, vielleicht. Ich hoffe es." Müller ging zu Prestin und Björn ins Nebenzimmer.
„Ich bin immerhin fünfzehn und weiß genau, was ich will, alle anderen dürfen bei Freunden übernachten, nur ich nicht. Der war doch früher auch kein Engel und jetzt will er mir alles verbieten!"
„Genau so ist es", schaltete sich Müller in das Gespräch ein, „nur bist du erst fünfzehn, deine Freundin ist dreizehn. Also schon ziemlich jung und rechtlich sogar noch ein Kind. Trefft euch tagsüber, habt 'ne schöne Zeit und freut euch auf später. Und das mit dem Übernachten ist einfach noch zu früh. Auch wenn ihr es im Moment nicht versteht! Deine Freundin ist, wie ich schon gesagt habe, gesetzmäßig noch ein Kind. Da kannst du ganz schnell im Gerichtssaal landen. Warte wenigstens ab, bis sie vierzehn ist. Denke bitte auch an deine Mutter!"

Björn überlegte kurz. „Okay, Sie haben recht, es hat sich halt einiges hochgeschaukelt.
Muss morgen auch wieder in die Schule.
Ich werde mir alles mal durch den Kopf gehen lassen. Ich muss auch ehrlicherweise zugeben, die beiden meinen es eigentlich gut mit mir."
„Und heute ist Friede im Hause Küppers."
„Ja. Versprochen und ... danke."
Müller meldete sich am Sprechfunk: „12/32 kommen, sind wieder einsatzklar. Haben den Fall geklärt. Weitestgehend. Da ist heute Nacht auf jeden Fall Ruhe bei der Familie Küppers."
„Also kann ich mich bei der letzten Streife mit Dieter voll auf die Einbrecher in unserem Reviergebiet konzentrieren?"
Die Stimme von PHK Hofmann klang erleichtert aber gleichzeitig auch herausfordernd ironisch im Bezug auf das Gespräch mit Polizeimeister Prestin zu Dienstbeginn.

Die Tränen des Riesen

Frühdienst im Polizeirevier.
„Jetzt holt doch endlich die belegten Brötchen! Später knallt's dann wieder irgendwo und ihr fahrt mit meinem warmen Leberkäse spazieren bis er eiskalt und ungenießbar ist", wetterte der Wachhabende, Polizeihauptmeister Neuschwander durch die Räume, als er das Telefongespräch mit einer älteren Dame beendet hatte, die von ihm eine Sondergenehmigung zum Parken im Schlosshof erwirken wollte. Sie wollte einfach nicht begreifen, dass diese Genehmigungen Sache der Polizeibehörde und nicht des Polizeivollzugsdienstes sind.

Die beiden Streifenbeamten hatten sich schon eine ganze Weile erfolgreich im Aufenthaltsraum herumgedrückt und machten sich jetzt langsam auf den Weg zur hinteren Ausgangstür. „Hat doch bisher meistens geklappt", nörgelte Polizeiobermeister Eichner mehr in seinen eigenen Bart hinein, so dass es der Wachhabende nicht hören sollte. „Oh, und sie bewegen sich doch", bemerkte Polizeihauptmeister Neuschwander, der seinen Wachstuhl verlassen hatte und sich jetzt im Türrahmen der Wache aufgebaut hatte, „... und dein Gemaule habe ich wohl gehört!" Er schaute Eichner ernst an, dann lächelte er aber schon wieder.

Die beiden Streifendienstler POM Eichner und PM Kringe standen mit ihrem Dienstfahrzeug vor dem mächtigen Metalltor des Polizeireviers, das sich langsam öffnete und dabei eine gewisse Ruhe ausstrahlte.
Natürlich wussten die beiden Polizisten zu diesem Zeitpunkt noch nicht, was sie erwarten würde! Das ist aber bei der Polizei fast bei jeder Streifenfahrt so.

Kringe fuhr im ersten Gang an den parkenden Fahrzeugen vorbei. TÜV und Reifen. Unfallschäden eventuell auf eine Flucht zuordnen. Routinegeschäft!
Anschließend drehte er noch eine kleine Runde durch die Stadt und hielt dann, von Kopf und Bauch gesteuert, gezielt vor der Metzgerei Müller an. Im eingeschränkten Halteverbot. „Be- und Entladen!", erklärte er Eichner grinsend, der ihn fragend ansah.
Noch beim Aussteigen hörte Eichner mit halbem Ohr den eigenen Funkrufnamen und

dann den kompletten Funkspruch von PHM Neuschwander: „12/208 kommen – Einsatz!"
Er setzte sich wieder auf den Beifahrersitz und nahm träge und missmutig den Hörer in die rechte Hand, roch er doch schon in Gedanken den frischen Leberkäse.
Die Bemerkung „Was ist denn jetzt schon wieder", konnte er sich nicht verkneifen, bevor er die Sprechtaste drückte und sich förmlich mit „12/208 hört" meldete.
„Fahren Sie sofort Raderthal; der Berkemeier schlägt wieder mal seine Frau, aber Beeilung, es soll dort ziemlich wild zugehen. Sie hat auch irgendwas von einem Messer gefaselt!"
„Wir stehen aber gerade vor der Metzgerei", wollte sich Eichner noch rechtfertigen, bevor die immer lauter werdende Stimme von PHM Neuschwander ihm unmissverständlich klar machte, dass der eben durchgegebene Auftrag absoluten Vorrang hat!
Kringe startete wieder den Motor des Passats. Er fuhr, noch bevor sich Eichner anschnallen konnte, mit quietschenden Reifen davon. Als sich Eichner, in die Rücksitzlehne gedrückt, überrascht nach ihm umsah, meinte der jüngere Kollege nur: „Sind halt 150 PS."
In der Eckdorfer Straße in Raderthal standen überwiegend die hässlichen Wohnblocks aus

den fünfziger Jahren. Entsprechend heruntergekommen.
Der Name Berkemeier an der Klingel war nur noch zu erahnen, lesen konnte man den ausgebleichten Schriftzug am Klingelschild nicht mehr.
Nach mehrmaligem Klingeln summte es im Bereich der Tür. Kringe drückte dagegen und stand in einem unwirtlichen Treppenhaus, das durch Farbschmierereien geprägt war, die nicht einmal die Bezeichnung Graffiti rechtfertigen konnten.
Hinter der Tür standen zwei alte Fahrräder und ein Kinderwagen, der vermutlich noch aus den fünfziger Jahren stammte. Eigentlich Sperrmüll. Aber noch aktuell in Gebrauch.
„Vierter Stock", sagte Eichner und lief die Treppe hoch, immer zwei Stufen gleichzeitig nehmend, um dadurch Kraft zu sparen.
Kringe konnte ihm nur mühsam folgen. Bereits jetzt und dann verstärkt im dritten Stock hörten die beiden Beamten lautes Geschrei und Gepolter. Die Eingangstür zur Wohnung Berkemeier stand weit offen.
Eines der quadratisch angeordneten vier Glasfenster war herausgebrochen.
Die Scherben lagen außen. Kringe nahm sein Pfefferspray in die linke Hand und zog den

Einsatzstock. Eichner griff mit seiner rechten Hand an seine Walther P5, entriegelte die Sicherung am Holster und signalisierte so die aufmerksame Sicherungshaltung. Es soll ja ein Messer im Spiel sein. Seine Halsschlagader pochte zuckend nach außen. Jetzt wurde es ernst. Mit der linken Hand hielt er seinen Schlagstock so fest, dass sich seine Knöchel weiß färbten. Drinnen ging Geschirr zu Bruch und eine wütende, männliche Stimme war überlaut zu hören. Eine Frau winselte leise: „Nein, bitte nicht. Hör auf!"
Vorsichtig tasteten sich die beiden Beamten vor und kamen dem Zentrum der Auseinandersetzung immer näher. Jetzt wurde die Sache heiß. Der Einhundertkilomann Berkemeier stand in der Küche mit dem wohl größten Messer in der Hand, das er am Küchenbrett hatte finden können.
„Ich steche dich ab, du Schlampe! Dann ist endgültig Schluss mit deiner Fremdgeherei", fixierte er zunächst seine Lebensgefährtin.
Als er dann aber die beiden Polizisten erspähte, fügte er noch triumphierend hinzu: „Und euch gleich mit, ihr Schlappschwänze!"
Eichner fixierte den Störer mit einem durchdringenden Blick. „Lassen Sie sofort das Messer fallen, sonst…"

„Was ist sonst, was ist sonst?", Berkemeier drehte sich von der Frau weg und hatte jetzt offensichtlich neue Opfer gefunden. „Was ist sonst, ihr Waldmänner", ergänzte er und ging bedrohlich auf Kringe zu.
Die beiden Beamten trennten sich sofort, um dem Randalierer so zwei Ziele zu bieten, die er nicht gleichzeitig bearbeiten konnte. Als er sich etwa drei Meter von ihnen entfernt befand, hielt er an und schnaubte wie ein wildes Tier. Sein feuchter Auswurf benetzte den Boden. „Und du Gnom gehörst jetzt der Katz', dich mach ich zuerst fertig, du feiges Bullenschwein!" Er hielt sein Messer steil nach vorne und wollte gerade auf Kringe zulaufen, als Eichner, der sich inzwischen seitlich hinter Berkemeier begeben hatte, seinen Schlagstock kurz anhob und so dem zu allem entschlossenen Mann das Messer aus der Hand schlagen konnte.
Ein lautes Klirren auf den abgenutzten Steinfliesen minderte die größte Gefährlichkeit des Riesen.
Kringe konnte von der anderen Seite einen Kreuzfesselgriff ansetzen und die Polizisten brachten Berkemeier zu Boden, der so sehr überrascht war, dass er im ersten Moment gar nicht daran dachte, sich zu wehren.

Mit einer so schnellen Reaktion der beiden Polizisten hatte er nicht gerechnet. Er hatte sie offensichtlich unterschätzt. Als er aber wieder zu sich kam, verfiel er sofort in sein altes Verhaltensmuster: „Ihr feigen Schweine, lasst mich los, ich bringe euch um, zu zweit auf einen losgehen." Obwohl ihm die beiden Beamten inzwischen die Handschellen angelegt hatten, wollte er sich immer noch befreien und auf seine Widersacher losgehen. „Wenn ich euch mal einzeln erwische, dann mach ich euch fertig, ihr Waschlappen! Ich merk' mir eure blöden Gesichter. Lasst mich sofort los!"

Die immer noch fortdauernden Drohungen, und Beleidigungen, die Berkemeier noch beim Verlassen des Hauses äußerte, wurden von der gesamten Nachbarschaft mitgehört, die sich aber nicht, und wenn, dann nur ganz kurz blicken ließen. Sie hatte schon einiges mit den Berkemeiers mitgemacht.
Nur eine ältere Frau, die den Polizisten zufrieden nachschaute, wie sie den in der Mitte laufenden Störenfried nach unten zogen, schüttelte den Kopf und seufzte: „Hoffentlich sperrt ihr den jetzt endlich mal ein, aber für immer." Und dann fügte sie leise

hinzu: „Die arme Frau Berkemeier!" Danach schloss sie aber sofort wieder ihre Tür.
Natürlich wollte Berkemeier unten auf der Straße nicht in das Polizeifahrzeug einsteigen. „Da kriegt ihr mich nicht rein, ich bin ein freier Mensch, macht sofort die Fliege, ihr Straßenköter und Rumtreiber." Das waren aber noch die vornehmsten Beleidigungen.
Und so kam es vor dem Dienstfahrzeug zu einem wilden Handgemenge, wie es des Öfteren äußerst deutlich in den Asterixheften bebildert wird.

Aber wie das immer so ist, ein paar Minuten später saß der Rambo im Auto. Ob er nun wollte oder nicht! Und wie das auch immer so ist, brach der starke Mann jetzt in sich zusammen. Innerlich und äußerlich. Seine Beleidigungen, sowie die Aggressionen und Feindseligkeiten waren wie weggewischt.
Berkemeier ließ den Kopf auf die Brust sinken, Tränen standen in seinen Augen. Der starke Riese verwandelte sich in ein Häuflein Elend.
„Ich habe euch doch gar nichts getan, was macht ihr nur mit mir? Lasst mich doch raus, ich tue doch niemandem was. Ich will nach Hause! Bitte, nach Hause!"

„Das hast du dir alles selbst zuzuschreiben, man schlägt oder bedroht keine Frau und mit einem Messer schon gar nicht", versuchte ihm Kringe die Lage in einem väterlichen Ton zu erklären.
Kringe war gut dreißig Jahre jünger als Berkemeier.
„Und besoffen bist du auch, schon am frühen Morgen", ergänzte Eichner, der erst jetzt die Alkoholfahne von Berkemeier gerochen hatte. Die Tränen, die sich in seinen Augen angesammelt hatten, rannen Berkemeier unkontrolliert über sein ungepflegtes Gesicht, als sich das Metalltor zum Polizeirevier langsam öffnete. Spätestens jetzt wusste er, dass ihm all' seine Kraft nichts mehr nützte.
Bei seinen immer wieder vorkommenden Gaststättenschlägereien war er bisher stets der Sieger gewesen. Heute halt mal nicht!
„Nicht in die Zelle, bitte nicht! Da gehe ich nicht rein", winselte jetzt der Riese. „Ich nicht. Das werdet ihr schon sehen," gewann er plötzlich wieder Oberwasser.

Keine drei Minuten später saß der Störenfried aber dann auf seiner Liege in der Zelle und schaute sich ungläubig um, so als wäre er in einem anderen Film gelandet.

Laut knallend warf Kringe den Riegel in die Arretierung der Gewahrsamszellentür!

Schutzgewahrsam zur Ausnüchterung. Bis der Zweck erreicht ist oder bis zum Ende des darauffolgenden Tages. Ansonsten wäre eine Vorführung beim Richter erforderlich. Wenn der Störer ansprechbar und eine Vorführung möglich ist, dann sofort.
Die beiden Polizeibeamten waren froh, dass sie die Situation gemeinsam erfolgreich gemeistert hatten.
Der Vorfall hätte auch anders ausgehen können. Ganz anders!

An den Leberkäse haben die beiden Beamten natürlich nicht mehr gedacht. Aber als sie den Aufenthaltsraum des Polizeireviers betraten, duftete es frisch nach den belegen Brötchen, die liebevoll auf einem Teller angerichtet waren.
Dienstgruppenführer Neuschwander stand schmunzelnd hinter der Tür. „Was die jungen Polizisten nicht schaffen, müssen halt die Alten richten. Greift zu, sind heute für euch umsonst."
Dann ergänzte Neuschwander: „Ihr habt's euch verdient!"

Der Wert des Menschen 1. Teil

Die Frühschicht beginnt um 06.00 Uhr.
Das bedeutet, um 04.40 Uhr aufstehen, duschen, dann ein kleines Frühstück. Anschließend nochmal kurz ins Bad um den, mit dem du heute den ganzen Tag zusammen bist, im Spiegel anzuschauen. Jetzt aber nur keine größere Kritik, keine Verbesserungsvorschläge. Muss irgendwie gehen … geht auch irgendwie.
Die Zeitung kurz überfliegen, aber natürlich nur die ersten Seiten, inklusive Sportteil. Die Bayern führen die Bundesliga mal wieder an. Wen wundert's ...?
Der 1. FC Köln ist Dritter ... in der zweiten Liga! Vielleicht klappt's ja dieses Jahr mit dem Aufstieg.
Das Weltgeschehen in zwei Minuten mitnehmen, für viel mehr ist keine Zeit.

05.20 Uhr Abfahrt.
Es ist Sommer und deshalb darf die Yamaha TR 1 aus ihrer Garage. Obwohl, sie hat auch schon einige Winterfahrten bei Schnee und sogar bei Glatteis mitgemacht. Aber so wie heute fährt die Japanerin im Sommer lieber

… und ihr Fahrer auch. Ablösung im Polizeirevier um 05.40 Uhr. Dienstbeginn um 06.00 Uhr.

Die frühere Ablösung hat ihren guten Grund, denn es ist der schönste Moment des Nachtdienstes, wenn der erste Kollege der Nachfolgeschicht zur Frühschicht das Polizeirevier betritt.

Das ist nicht nur Ablösung, sondern auch Erlösung und heißt für die Nachtschicht: Feierabend am frühen Morgen!

Und außerdem ist die ablösende Schicht dann spätestens zum offiziellen Dienstbeginn an jedem Tatort in ihrem Revierbezirk", wie Polizeihauptkommissar Knörzer schon des Öfteren betont hat.

Die Kollegen der Nachtschicht präsentieren stolz den oft gebrauchten Satz frei nach Polizeioberkommissar Hannes Schwarzer: „Nichts zu übergeben, wir haben alles aufgearbeitet." Diese Bemerkung präsentierte er immer wieder mit dem ihm ureigenen Schmunzeln!

Kurz noch einen Unfall vom Vortag eintragen, den Tätigkeitsbericht überfliegen, ein paar aktuelle Fahndungen verinnerlichen, dann die erste Streife. Einteilung durch den Dienstgruppenführer.

„Zimmermann und Müller, ihr fahrt die Erste! Geht das?" Der Dienstgruppenführer, Polizeihauptkommissar Ralph Schad, stand erwartungsvoll am Schreibtisch der beiden Polizeibeamten.

„Natürlich", entgegnete Polizeihauptmeister Zimmermann, der so schnell hochspritzte, dass sein Stuhl nach hinten wegkippte und seine Kaffeetasse auf dem Tisch bedrohlich wackelte und beinahe umgefallen wäre. „Ich muss sowieso noch eine Unfallstelle ausmessen. Draußen ist es ja bereits hell." Müller nickte beim Aufstehen. Mit seinem Unfalleintrag war er inzwischen fertig geworden.

Müller ist gern mit Zimmermann unterwegs, dem man nachsagt, dass er ziemlich stürmisch sei. Man hört ihn bereits lange bevor man ihn sieht und holt er eine Tasse aus dem Schrank, fallen zwei weitere um. Aber auf ihn kann man sich verlassen, ein echter Kumpeltyp.

Mit dem kann man sich auch ohne Uniform sehen lassen, dachte Müller, als er die Funktasche packte, den Fahrzeugschlüssel provokativ daneben legte und Zimmermann heimlich beobachtete.

Zimmermann wusste um diese Zeremonie mit dem Fahrzeugschlüssel und fragte suggestiv, ob er fahren solle oder ob vielleicht lieber Müller Beifahrer und Funker machen wolle? Da diese Frage die Antwort bereits beinhaltete, entschied sich Müller natürlich für den Funker, wie jedes Mal!

06.50 Uhr: Hauptkommissar Schad meldete sich: „5/25 kommen!"
Der Funker und beste Beifahrer der Dienstgruppe, Polizeioberkommissar Müller, nahm den Hörer, drückte die Sprechtaste und meldete sich mit „5/25 hört."
„Fahren sie Chorweiler. Unmittelbar vor der Brücke wurde laut Anrufer eine Person vom Zug erfasst. Näheres noch nicht bekannt. DRK mit Notarzt sind verständigt. Beeilen sie sich, bevor die ganzen Schaulustigen von der Sache Wind bekommen. Soll nicht gut aussehen da draußen", ergänzte PHK Schad.

Während Zimmermann das Gaspedal so stark durchdrückte, dass die vorderen Reifen fast die Bodenhaftung verloren, schaltete Müller Blaulicht und Martinshorn ein.
Dann hielt er sich mit der rechten Hand am Deckenbügel fest. Er hatte enormen Respekt

vor Zimmermanns Fahrkünsten, aber sicher ist sicher.

Zimmermann war zwar ein begnadeter Fahrer, die Nummer Eins der Dienstgruppe, wie er selbst immer wieder behauptete, aber die Angst des Beifahrers spielt da immer ein kleines bisschen mit.

Zwölf Kilometer bis Chorweiler. Vieles geht einem durch den Kopf. Der Adrenalinspiegel steigt kontinuierlich.

Die beiden Polizisten waren die ersten am Tatort, wie so oft.

Der Regionalzug stand achthundert Meter vor dem Stadtteil. Betreten und ängstlich blickten einige Schüler aus den Waggons. Ein leichenblasser, leicht untersetzter Mann kam stark gestikulierend auf die beiden Polizeibeamten zugelaufen.

„Ich konnte nichts mehr machen. Der Junge lief auf den Gleisen, direkt auf meinen Zug zu. Ich bremste ... aber ich … es ist so schrecklich!"

„Die Schüler bleiben auf jeden Fall im Zug! Oder waren sie schon draußen?" Müller sah den Zugführer fragend an. „Nein, nein, das habe ich gleich durchgesagt. Keiner war draußen. Die sind auch geschockt. Direkt hinter dem Zug liegt er, wie gesagt, ich hatte noch volle Fahrt drauf, ich konnte doch nicht ahnen..." Er stockte und griff sich fassungslos an die Stirn.

Polizeihauptmeister Zimmermann kümmerte sich um den sichtbar unter Schock stehenden Zugführer, während sich Polizeioberkommissar Müller in Richtung Zugende aufmachte.

Bereits auf Höhe des drittletzten Waggons musste er menschliche Fleischfetzen feststellen, dann einen Arm, ein Bein, Teile der Kleidung und unmittelbar hinter dem Zug den von allen Extremitäten abgetrennten, völlig zerfetzten Rumpf. Müller, bereits achtundzwanzig Jahre im Schichtdienst und immer an vorderster Front, schluckte hart. Er hatte schon viel gesehen, aber jetzt das?

Der Polizist versuchte, sich auf seine Arbeit zu konzentrieren. Er konnte nicht mehr feststellen, ob es sich um einen Mann oder um eine Frau handelte.

Der Zugführer hatte von einem Jungen gesprochen. Im ersten Moment war aber weder das Alter noch das Geschlecht zu klären.

An einem vom Körper abgetrennten Arm konnte der Oberkommissar am Handgelenk ein rotes Tuch feststellen. Drogen? Nein, so weit wollte er nicht vorgreifen. War nur so eine Vermutung. Polizisten denken oft in alle

Richtungen. Aber seltsam war das rote Tuch schon.
Müller atmete tief aus. Erst einmal den Tatort absperren. Wir brauchen eine weitere Streife.
Unnatürlicher Todesfall. Die Kriminalpolizei ist zuständig. Also die Kollegen von der Kripo verständigen.
Bisher waren noch keine Schaulustigen eingetroffen. Gut so.
Müller eilte zum Streifenwagen und meldete seine ersten Erkenntnisse dem Polizeirevier.
Dort war ebenfalls schon einiges bekannt. Der Tote sei vermutlich ein sechzehnjähriger Schüler aus Chorweiler.
„Ein Vater hatte gerade angerufen. Eine ganz komische Geschichte. Er wollte seinen Sohn wecken. Jedoch sei dessen Zimmer leer gewesen. Es war aber stark mit Blut verschmiert. Die Blutspur verlor sich erst kurz nach der Haustür. Ich habe dem Vater nichts von dem Zugunfall gesagt, aber es kann sein, dass er trotzdem bei Ihnen auftaucht. Also passen Sie auf!", ergänzte Hauptkommissar Ralph Schad.
Müller rechnete mit dem Schlimmsten. Und er irrte sich nicht. Schon von weitem sah er in äußerst aufgeregter Pose einen Mann auf sich zukommen.

Mit hochrotem Kopf und sich überschlagendem Atem versuchte er, als er vor Müller stand, nach Worten zu ringen. Das dauerte ein paar Sekunden. Dann kam die Frage: „Was ist da unten passiert?"
Tausend Antworten kreisten Müller im Kopf herum, aber die richtige war nicht dabei. Sollte er den Mann anlügen, war eine sogenannte Schutzlüge jetzt angebracht?
Kann der Mann die Wahrheit ohne gesundheitliche Schäden aufnehmen oder war es besser überhaupt nichts zu sagen?
Alles war falsch.
Müller versuchte deshalb zunächst Vertrauen zu dem Mann herzustellen. Er stellte Fragen, um ihn abzulenken, um Zeit zu gewinnen. Aber wofür? Immer wieder, und das mit steigendem Nachdruck, drängte der Mann darauf, was da unten los sei, bis er selbst die schon seit längerem in ihm brennende Feststellung machte: „Da ist doch etwas passiert, das kann doch nur … das ist doch mein Sohn, mein Thomas."
Dann war es kurz still. Weder dementierte Müller, noch bestätigte er die Aussage.
„Ich muss zu ihm, lassen Sie mich gehen!"
Müller blockte den Weg ab. Das konnte er nicht zulassen. Es kam zu einer Rangelei, die

nicht mehr zu verhindern war. Das Polizeieinsatztraining und die Grifftechniken waren jetzt nicht einzusetzen. Waren völlig fehl am Platz. Es galt nur, einen Vater davon abzuhalten, dass er zu seinem Leid, das über ihn gekommen war, auch noch ein Trauma bekommt, das ihn ewig zusätzlich belasten würde. So konnte er seinen Sohn auf keinen Fall sehen. Darüber war sich Müller in diesem Moment im Klaren. Und tatsächlich, der Mann gab nach, brach in sich zusammen und setzte sich weinend auf die Straße.
„Er ist es, ich weiß, er ist es. Aber warum nur? Thomas, mein einziger Sohn, Kinder sind doch unsere Zukunft." Er schluchzte dabei laut.
Müller war zum Zuhören degradiert und das war in dem Moment sogar gut so.
Das war wichtig.
Es gibt viele gute Redner, aber Zuhören kann oft viel wichtiger sein.
Der Mann konnte sich wieder fangen und fuhr nach einer kurzen Unterbrechung fort: „Ja, ich hatte nicht immer Zeit für ihn, aber er hat doch alles gehabt, ihm hätte einmal alles gehört, für ihn habe ich alles aufgebaut, für ihn. Nicht für mich. Seine Mutter musste mitarbeiten in meiner Firma, sonst wäre es

nicht gegangen ... die Personalkosten. Noch ein paar Jahre und wir hätten es geschafft gehabt. Aber vielleicht hatte ich nur dieses eine Ziel vor Augen. Wir konnten uns keinen Urlaub leisten, den musste ich auch in die Firma stecken. Aber ich konnte doch nicht ahnen, dass so etwas Schreckliches passieren würde. Wenn er doch wenigstens mit mir gesprochen hätte. Er hat uns doch erst eine Familie werden lassen, und jetzt, ... jetzt hat er sie uns wieder weggenommen. Wenn das meine Frau ..."
Dann wurde der Mann blass und kippte langsam zur Seite. Müller konnte gerade noch seinen Kopf vor dem Aufprall auf den harten Asphalt halten, als gerade ein Rettungsfahrzeug des DRK eintraf.
„Da unten soll ein Zugunglück passiert sein", rief der Rettungssanitäter schon von weitem Müller zu.
„Nein", sagte der Polizeibeamte leise. „Das heißt ja, aber hier oben werdet ihr dringender gebraucht. Da unten ist leider nichts mehr zu machen!"
Müller war erleichtert, als sich die Sanitäter um den Mann kümmerten. Er war froh, als sie ihn in das Rettungsfahrzeug brachten und er zunächst versorgt war.

Zunächst!

Aufgeregt kam Zimmermann die Böschung hochgelaufen. „Es war tatsächlich so, dass der junge Mann dem Zug ruhig und entschlossen entgegengegangen war. Das war kein Unfall.
Er hatte dabei keine Miene verzogen. Nur seine starren Augen sind dem Zugführer aufgefallen und dass er ein rotes Tuch um sein Handgelenk trug.
Komisch, oder was meinst du?"
Zimmermann holte tief Luft und fügte dann noch hinzu, dass er so etwas noch nicht gesehen habe.
„Die Kripo ist schon im Anflug", wollte Müller von dem eben Gehörten ablenken, „der Vater war auch schon hier, wird aber vom DRK bestens versorgt."
In diesem Moment tönte es aus dem Lautsprecher im Streifenfahrzeug, PHK Schad war wieder dran. "5/25 kommen, neuer Einsatz für sie. Hausstreit in Rodenkirchen. Vater und Sohn haben sich in der Wolle. Es ist wohl schon zu Handgreiflichkeiten gekommen. Kümmern Sie sich mal um die Sache, wenn Sie weg können. Habe keine andere Streife frei und den Unfallort können

sie ja gleich an die Kripo übergeben. Die müssten demnächst bei Ihnen eintreffen."
„Ja, demnächst", wiederholte Müller leise, so dass der Wachhabende im Revier nachfragen musste, ob seine Durchsage auch angekommen sei. „Ja", versuchte sich Müller zusammenzureißen. „Ja, geht klar, wir übernehmen den Hausstreit."

"Und es ist doch heute erst 07.50 Uhr", murmelte Müller in sich hinein, als sie auf dem Weg nach Rodenkirchen waren.
Zimmermann hatte das nicht so richtig verstanden. Deshalb schaute er mehr prüfend als bestätigend auf seine goldene Armbanduhr und schüttelte dann konsterniert den Kopf.

Der Wert des Menschen
2. Teil

Thomas Gohl blickte durch das große Fenster des Klassenzimmers nach draußen. Er wollte die letzten Sonnenstrahlen des zu Ende gehenden Sommers aufnehmen, ja förmlich in sich hineinsaugen. Dabei versuchte er den stinkenden Mief des Klassenzimmers zu verdrängen, was ihm jedoch nur schwerlich gelang. Er betrachtete seine Mitschüler mit Verachtung, ja manchmal kam dabei sogar Hass auf.

Er gehörte zwar zur Klasse, war darin aber nur eine Randfigur, ein uninteressanter Mitläufer. Eigentlich wollte er diese frustrierende Situation nicht hinnehmen, sondern auch akzeptiert werden, aber es ging einfach nicht. Hinzu kamen diese ständigen Sticheleien seiner Mitschüler. Es gelang Thomas immer seltener, sich dagegen zu wehren.

Er hatte jetzt schon wieder Angst vor der Heimfahrt mit dem Bus. Dagmar saß zum Glück meistens weit vor ihm. Dennoch suchte sie im Bus immer wieder seine Nähe. Sie wollte ihr Spiel, das sie *Tomate* nannte, mit ihm spielen.

Schon oft hatte er versucht, hinter Dagmar in den Bus zu steigen, um sich dann einen Platz weit weg von ihr aussuchen zu können. Aber immer wieder kam es zu diesem Zwischenfall, vor dem er förmlich Angst hatte.
Einen anderen Bus nehmen? Nein, das war leider nicht möglich, denn sie mussten mit dem letzten fahren.

Am Nachmittag war es dann wieder soweit. Letzter Bus! Er stieg ein, während Dagmar schon vorne im Bus Platz genommen hatte. *Jetzt ganz nach hinten und ich habe das Problem gelöst,* arbeitete es in Thomas' Kopf. *Nein, geht nicht. Hinten war alles voll. Zwei Reihen hinter Dagmar war noch etwas frei.* Thomas hatte keine andere Möglichkeit. Er nahm Platz und schaute aus dem Fenster. Ein Versuch, sich abzulenken. Es sollte beim Versuch bleiben.
Dagmar flüsterte kurz mit ihrer Nebensitzerin, kicherte laut und stand dann langsam auf. So wie sie es immer tat, lief sie zu Thomas' Sitzplatz. „Na, da ist sie ja, unsere Tomate, Thomas, die Tomate, wie gut das passt." Er hatte es sich schon so oft vorgenommen, versuchte das Gerede zu ignorieren, hatte auch bereits vor dem Spiegel geübt,

doch es klappte einfach nicht. Thomas lief knallrot an. Dagmar hatte wieder ihr Ziel erreicht. Ihre Freundinnen drehten sich zu ihm um und lachten lauthals. Es war immer wieder dasselbe.
Warum ich, warum immer ich?, dachte Thomas, noch immer mit einem knallroten Gesicht am Fenster des Busses sitzend. *Warum immer ich?*

Immer noch irritiert und sich unsagbar klein vorkommend, schloss Thomas die Haustür auf. Niemand daheim! Aber das war er ja gewohnt. Der Vater, ein Unternehmer mit einer kleinen Fabrik und die Mutter, ja, die musste ihn in seiner Firma unterstützen. Früher hatte sie sich noch um ihn gekümmert, aber heute konnte er sich ja selbst versorgen. *Essen steht auf dem Herd, brauchst es nur warmmachen,* las Thomas auf einem Zettel, der nur für ihn bestimmt war.
Er hätte es auch so gewusst. Es war ja wie immer.
Nach dem schnellen Essen schaltete er den Fernseher an und legte sich quer auf das Sofa im Wohnzimmer. Es lief *Familie Feuerstein.* Eine lustige Fernsehserie. Lustig!? Davon war Thomas mit seiner Familie weit entfernt.

Die Familie Gohl war nicht lustig.
Das Klingeln an der Haustür ignorierte er. War sicher wieder irgendjemand für seinen Vater oder seine Mutter. Er bekam sowieso nie Besuch.

„Thomas, was schaust du so mürrisch?", schreckte ihn seine Mutter am nächsten Morgen beim Frühstück aus seinen Gedanken. „Ach nichts Mutter, habe nur in der Schule zurzeit ziemlichen Stress, viele Arbeiten."
„Das haben wir alle", entgegnete Thomas' Vater. „Da bist du nicht der Einzige." Dann las er weiter in seiner Financial Times, bis er aufstand und beim Hinausgehen noch etwas von einem langen Tag und wichtigen Besprechungen murmelte.
Thomas' Mutter lief ihm hinterher und rief ihrem einzigen Sohn noch ein „Tschö" zu.

Dann war er wieder allein.
Aber das war er ja vorher auch schon, obwohl seine Eltern da waren!

Vorsichtig schaute er sich im Schulbus um. Doch, welch' Wunder, Dagmar fuhr heute nicht mit. War sie krank oder wurde sie von ihrem Vater in die Schule gefahren? Egal, war nicht sein Problem. Thomas freute sich. Er blühte förmlich auf. Doch bereits in der ersten Stunde Mathe rief ihn der Lehrer an die Tafel. „Das ist deine Aufgabe und jetzt, Thomas, l ö s e n! Haben wir ja lange genug geübt."

Thomas offensichtlich nicht, denn er schaffte nicht einmal den Einstieg. Beharrlich schlug ihm der Lehrer jetzt mit der Faust gegen die Brust. Immer wieder! Offensichtlich eine neue pädagogische Methode, Schülern Mathe beizubringen.

Thomas fühlte sich bedroht und erniedrigt. Dieser Zustand steigerte sich noch, als seine Mitschüler anfingen, laut zu lachen.

Standen sie jetzt auf der Seite des Lehrers oder was war los? Müssen wir Schüler nicht zusammenhalten? Warum waren sie auf der Seite des Lehrers? Thomas verstand die Welt nicht mehr. Aber er fühlte sich gleichzeitig auch zu schwach für jegliche Gegenwehr.

„Mensch bist du doof!", setzte jetzt auch noch sein Nebensitzer eins drauf. Wieder brauste ein lautes Lachen der gesamten Klasse auf.

In der Pause stand Thomas auf dem Schulhof bei seinen Klassenkameraden. Er war wieder einmal nur zum Zuhören degradiert. Nach dem Vorfall in der Mathestunde und der mündlichen Note sechs, traute er sich keinen Beitrag zum Gespräch zu. Er könnte ja falsch liegen und dann würde er wieder zum negativen Mittelpunkt der Mitschüler werden. Er wusste, wie ihn ihr Lachen verletzen konnte. Aber seine Mitschüler wussten das offenbar nicht.

Plötzlich tippte ihm jemand von hinten auf seine Schulter. Thomas drehte sich um. Bereits in seinem Blickwinkel erkannte er … Dagmar. „Na Tomate, heute in Mathe geglänzt?" Das reichte, Thomas lief knallrot an, die Meute lachte.
Dann eine schnelle Drehung, ein Faustsoß und Dagmar lag auf dem harten Schulhofboden. Sie wurde zunächst blass, bis ihr langsam ein Rinnsal Blut aus der Nase lief.
Der Mathelehrer, der zufällig auch Pausenaufsicht hatte, lief sofort zu Dagmar, beugte sich zu ihr hinunter und rief laut in Richtung Hausmeister: „Schnell, rufen Sie sofort einen Arzt … und einen Rettungswagen, schnell!"
Der Hausmeister lief zügig in das Schulgebäude. Dann wandte sich der Mathelehrer zu Thomas: „Und du! Du meldest dich sofort beim Rektor! Das darf doch alles nicht wahr

sein. Wie kann man gegen ein wehrloses Mädchen so grob sein. Verschwinde sofort aus meinen Augen, der Rektor wird es dir schon sagen, wie man sich in der Schule zu verhalten hat! Gewalt gegen Mitschüler, das geht schon mal gar nicht."
Alle schauten jetzt auf Thomas. Er spürte die Verachtung förmlich in ihren Augen. Wieder hatte er alles falsch gemacht. Wieder waren sie alle gegen ihn. Dabei wollte er doch nur dazugehören und nicht gereizt werden. War das zu viel verlangt?
Mit hängendem Kopf lief er gedemütigt zum Schulrektorat. Seine Mitschüler schauten ihm kopfschüttelnd nach.

Der Rektor drohte mit Schulverweis, Elternbrief und Strafarbeiten. Er fragte ihn immer wieder, wie man so gewalttätig sein könne. Und das an seiner friedlichen Schule.
„Da kommt noch einiges auf dich zu", setzte er Thomas beim Hinausgehen weiter unter Druck. Thomas blieb kurz an der Tür stehen. Aber es war ihm nicht möglich, sich zu rechtfertigen, er wollte auch nicht mehr. Er konnte auch nicht mehr.
Alles brach in ihm zusammen.
Thomas war auf dem Heimweg, allein.

Sein Freund Hans Sturm war heute auch nicht in der Schule. War schon längere Zeit krank.
Am Anfang hatte es eigentlich noch recht gut geklappt; sie waren beide auf der gleichen Wellenlänge, aber in letzter Zeit hatte Hans immer seltener Zeit, hatte immer andere Ausflüchte gesucht und gefunden.
Thomas kickte eine leere Bierdose gegen die Hauswand einer Gastwirtschaft. Eine ältere Dame blieb provokativ stehen, plusterte sich auf wie eine Henne und geiferte Worte wie „So etwas hätte es zu meiner Zeit nicht gegeben, aber die heutige Jugend, unmöglich, was die sich alles rausnimmt."
Thomas schloss die Haustür auf, er war wieder mal allein in der großen Villa am Südrand der kleinen Stadt … in bevorzugter Wohnlage.
Und morgen war doch erst Mittwoch, noch eine halbe Woche Schule und dann am Freitag … die Mathearbeit.
Thomas wollte nicht essen.
Er holte sein Mathebuch heraus und versuchte, sich zu konzentrieren, doch seine Gedanken verzweigten sich immer wieder.
Sein Vater erschien ihm in seinem Tagtraum, mit einem Brief der Schule in der Hand. Er zeigte sich zutiefst enttäuscht.

Thomas konnte ihm nichts erklären.
Er wollte auch nicht!
Thomas kam in dieser Nacht einfach nicht in den Schlaf. Immer wieder zerrissen ihn seine Gedanken. Er musste Schluss machen, er konnte nicht mehr. Sein Weg war zu Ende, er sah keine Hoffnung in seiner Hoffnungslosigkeit. Nur einen dunklen Tunnel, der nicht mehr enden wollte.

Thomas wachte am nächsten Morgen nach einem unruhigen Schlaf sehr früh auf. Seine Eltern schliefen noch. Er fühlte sich wie gerädert, konnte und wollte nicht mehr in die Schule.
Nein, dahin schon gar nicht!
Aber wohin dann?
Es war kein Kurzschluss. Er hatte die ganze Nacht immer wieder darüber nachgedacht. Thomas nahm einfach sein Klappmesser in die linke Hand.
Ein Geschenk seines Vaters, das ihm irgendwann mal in Notsituationen helfen sollte, damit er sich verteidigen kann. Jetzt verteidigte er sich auch. Er verteidigte sich vor all' dem Unrecht, das ihm momentan widerfuhr. Er sah keine andere Möglichkeit. Ein kurzer Schnitt, dann fühlte er Wärme, spürte

keine Schmerzen, als sein Blut auf den Boden rann. Ein zweiter Schnitt.
„Jetzt müsste ich doch ohnmächtig werden und dann wäre alles vorbei, dann hätte ich meine Ruhe, dann lacht keiner mehr."
Doch nichts passierte. Es blutete sogar inzwischen weniger.
Ein dritter Schnitt? Nein, es ging einfach nicht. Irgendetwas hatte er falsch gemacht. Schon wieder, wie immer. Aber er würde es ihnen schon noch zeigen und zwar noch heute, jetzt gleich.
In zwei Stunden wissen es dann alle!

Es war 06.45 Uhr. Der Zug, der ihn schon so oft geweckt hatte, fährt genau um 06.48 Uhr an ihrem Haus vorbei. Wie oft hatte er ihn schon verflucht und wie oft verwünscht, weil er ihn um den Schlaf gebracht hatte. Jetzt brauchte er ihn sogar. Ja, es müsste noch reichen.
Thomas hatte ein Ziel, eine Aufgabe, und zwar seinen eigenen Tod! Dabei durfte er jetzt nicht versagen.
Er wollte es allen zeigen.
Noch schnell sein rotes Tuch, das er sich immer um den Hals gebunden hatte, wenn er mit seinem Moped unterwegs gewesen war,

um seine verletzte Hand binden und dann runter zum Bahndamm.
Schnell!
Es muss klappen!
06.46 Uhr ... Noch zwei Minuten.

Thomas stand auf den Gleisen.
Der Zug kam schon mächtig und gewaltig auf ihn zu.
Thomas atmete tief durch und lief der riesigen Lokomotive langsam entgegen.
Er war stärker als das Ungetüm.
Thomas hatte keine Angst, sah noch das erschrockene Gesicht des Zugführers.
Plötzlich fühlte er sich irgendwie frei.
Thomas wusste in diesem Moment, dass er es geschafft hatte. Nie wieder würden ihn seine Schulkameraden auslachen.
Er hörte noch das laute Quietschen der Eisenräder auf den Gleisen. Es dauerte ihm in diesem Moment fast zu lang.
Dann wurde es schwarz.
Thomas fühlte keinerlei Schmerzen mehr.
Keine Demütigungen.

Bereits um 06.50 Uhr ging bei der Polizeiwache die Meldung ein: „Zugunglück bei Chorweiler.

Schicken sie sofort einen Krankenwagen und eine Streife hin."

Doch es war zu spät, viel zu spät, alles war zu spät!
Als seine Mitschüler von Thomas' Tod erfahren hatten, waren sie zutiefst betroffen und fassungslos.
In der Klasse war es lange Zeit so still gewesen, wie bisher noch nie.

Auf einem kleinen Plakat nahe der Unfallstelle inmitten der vielen Kerzen stand nur ein Wort: *Warum?*
Es war von Dagmar.

Sind 100 Prozent zu wenig?

Dienstag, 18.00 Uhr
Unter dem alten Lindenbaum

„Ich habe sie jetzt, die Idee und bin mir zu einhunderprozent Prozent sicher, Leute das ist die Gelegenheit und es wird klappen." Kastros Stimme überschlug sich fast, als er mit seinen Freunden Tonati und Benter weit genug von den Anderen weggegangen war, die noch gelangweilt unter dem alten Lindenbaum standen. „Es ist ganz einfach ... und, wie gesagt, idiotensicher!"
Dann fasste er schon etwas ruhiger zusammen: „Also passt mal auf, ihr Türstopper! Die Kruses, entfernte Bekannte von unseren Nachbarn, die weit draußen in Müngersdorf wohnen, sind ab der nächsten Woche für mindestens vierzehn Tage weg. Urlaub. Übersee, irgendwo auf Kuba. Ist mir auch wurst, keine Ahnung wo die genau sind. Hab's sowieso nicht so mit den Neureichen. Auf jeden Fall haben die 'ne ganze Stange Geld, Schmuck und noch einiges wertvolles Zeug in ihrem Einfamilienhaus. Ebenerdiger

Eingang, Balkon nach hinten zum Stadtwald raus. Keine Alarmanlage ... hab ich alles schon gecheckt.

Hinterausgang durch die Terrassentür. Na, klingelt es, ihr beiden Fehlfarben. Wir gehen nachmittags rein, da brauchen wir kein Licht und können sogar etwas Radau machen. Da ist genug Lärm auf der Straße und die Nachbarn sind bei der Arbeit, das hab' ich auch schon überprüft. Der Nachbar rechts von den Kruses hat die ganze Woche Spätschicht und die geht bis 22.00 Uhr. Links wohnt die alte Reinartz, die schlecht hört und noch schlechter sieht. Ich musste ihr mal ein Paket vorbeibringen. Die hat mich überhaupt nicht verstanden, bis ich geschrien habe! Und Lesen konnte sie auch nichts. Ihr Mann ist in Braunsfeld bei der Stadtverwaltung irgend so ein hohes Vieh. Also, was geht, seid ihr dabei? Ist 'ne hundertprozentige Sache."

„Ich weiß nicht so richtig, ist doch 'ne ziemlich heiße Kiste, ... so ein Bruch am hellichten Nachmittag", überlegte Benter laut, während er unsicher an Kastro vorbeischaute. „Also ich mache mit", sagte Tonati spontan und man hätte meinen können, dass er dabei bereits die obligatorischen Dollarzeichen in seinen Augen hatte.

„Mensch, sei keine Memme, Benter. Du kannst doch die Kohle am besten von uns allen gebrauchen, bei der Scheiße die du in den letzten Wochen gebaut hast", forderte Gonzalo Kastro den Zweifler Benter auf und fügte an: „du wirst uns doch nicht hängen lassen, … du doch nicht!"
Tom Benter überlegte. „Ok, ich bin dabei. Aber die Scheiße, wie du gesagt hast, die ich gebaut habe, soll nicht noch größer werden. Wenn die mich jetzt nochmal erwischen, bin ich schneller im Klingelpütz … äh, ich meine natürlich im Ossendorfer Knast, als wir alle drei gucken können … und ihr mit mir. Wir müssen alles haargenau durchplanen. Es darf nicht der kleinste Fehler passieren. Es muss für alles auch noch einen Plan B geben, den wir aber nicht brauchen werden … nicht brauchen dürfen!"
Kastro klopfte Benter auf die Schulter. „Bist doch ein schlauer Junge. Okay, wir treffen uns am nächsten Montag zum Zweitligaspiel bei mir und anschließend findet die Lagebeprechung statt. Die Sache steigt dann in der nächsten Woche am Mittwoch, das ist strategisch der beste Zeitpunkt. Ich geh' jetzt, meine gemeinnützigen Stunden ableisten. Scheiß Arbeit! See you."

Kastro hob die rechte Hand, drehte sich weg und lief träge in Richtung städtischer Bauhof. Die beiden anderen schauten hinterher. Das Hinterteil seiner Hose hing ihm irgendwo im Bereich der Knie.
„Ist doch ein cooler Typ", dachte sich Giulio Tonati. Benter haderte gedanklich noch, wollte und konnte aber jetzt auch keinen Rückzieher mehr machen. Die beiden waren seine einzigen und besten Freunde ...

Mittwoch, 06.50 Uhr
Villa Kruse, Müngersdorf

„Ich freu' mich so riesig auf den Urlaub, das kannst du dir gar nicht vorstellen. Bei uns ist es nicht wie bei vielen anderen Familien am Geld gescheitert, sondern immer nur an der Zeit. Aber jetzt klappt es endlich mal.
Wir haben beide drei Wochen Urlaub und die Reise nach Kuba ist geplant und gebucht. Vierzehn Tage Sonne, Sand und Meer, eine kleine Prise Kultur ... und Faulenzen. Meine Bank lasse ich Bank sein und dein Rehabetrieb *Ob dem Rhein* läuft auch ohne dich weiter ... natürlich nicht so gut, wie mit dir", fügte er mit einem Augenzwinkern hinzu und schaute dann seine Frau überglücklich an.

„Nur noch eine Woche, am nächsten Mittwoch geht's schon los." Otto Kruse rieb sich die Hände und hatte ein breites Grinsen im Gesicht, das seine Hertha so schon lange nicht mehr bei ihm gesehen hatte. Auch sie freute sich natürlich auf die schon lange verdiente Erholung, die jetzt immer näher kam und bald Wirklichkeit werden sollte.
Otto Kruse hielt kurz inne. „Nur die Sache mit der Alarmanlage muss ich noch regeln. Die haben sie immer noch nicht angeschlossen. Aber das werde ich heute Mittag mit der Firma Spinner abklären. Ich muss denen halt etwas Dampf unterm Hintern machen!"
Otto Kruse drückte seiner Hertha einen langen Kuss auf die Stirn und verließ leicht hüpfend die Wohnung.
Das tut ihm gut, dachte Hertha Kruse, als die Eingangstür viel zu laut ins Schloss fiel. Er hat in den vergangenen Jahren einfach zu viel gearbeitet.
Bei der Bank und dann noch ehrenamtlich beim 1. FC Köln im Finanzwesen. Jeder Spielereinkauf lief über seinen Tisch.

**Donnerstag, 10.30 Uhr
Polizeirevier Weststadt**

„Komm, wir trinken noch einen Kaffee! Vom gestrigen Abschiedsfest von Kollege Walter Eck sind noch einige Laugenstangen da", forderte Polizeioberkommissar Wollitz seinen Kollegen und besten Freund, Polizeihauptmeister Hasenhüttl auf. Der schüttelte energisch seinen Kopf. „Nee, jetzt geht es gerade nicht. Muss noch die neuen Alarmakten einordnen und in den Computer eingeben. Du weißt doch, dass die immer auf dem neusten Stand sein müssen. Mit unserem Werkzeug dürfen wir nicht schlampen und gerade jetzt im Wechselschichtergänzungsdienst habe ich endlich mal Zeit."
Und trotzdem passierte es, dass dem korrekt arbeitenden und gewissenhaften Hasenhüttl gerade in diesem Moment die neu von der Firma Spinner eingegangene Alarmakte des Wohnhauses Kruse in der Lottnerstraße, im Stadtteil Müngersdorf, unter ein paar alte Akten rutschte, die für den Aktenvernichter vorgesehen waren. Ralph Hasenhüttl legte die restlichen Akten auf den übervollen Tisch seines Dienstgruppenführers. Polizeioberkommissar David vertraute seinem Mitarbei-

ter und leitete sie, ohne die Vollständigkeit zu überprüfen, an die Verwaltung weiter.

Freitag, 08.10 Uhr
Hans-Schäfer-Schule Stadtmitte

Benter saß in der letzten Reihe der Werkrealschule Lindenthal. Sein Lieblingslehrer, Herr Timitza, der ihm schon mehrmals aus der Patsche geholfen hatte, unterrichtete gerade Benters Lieblingsfach Geschichte.
Die Französische Revolution im Jahr 1789 war angesagt. Der Aufstand der unterdrückten Bevölkerung, der sogenannten armen Leute. Menschen, die sich gegen den Protz des Königshauses, die Ausbeutung und das Unrecht gewehrt hatten. Sie riskierten viel, sogar ihr Leben, und konnten so ihr Recht durchsetzten und dadurch einiges verändern und auch verbessern.
Herr Timitza konnte das sehr gut rüberbringen, aber heute war es Tom Benter einfach nicht möglich, zuzuhören.
Immer wieder war seine Aufmerksamkeit weg, immer wieder musste er an den Plan denken, an den Vorschlag von Kastro. Die angeblich hundertprozentige Sache!
Tom hatte aber dabei seine Zweifel.

Wenn das klappen würde, dann, ja dann würde schon alles besser werden. Natürlich hatte er noch Schulden und dadurch Probleme. Man will ja mithalten mit den anderen und das kostet. Also, wenn das funktionieren würde, dann … es wird auf jeden Fall das letzte Mal sein, danach ist endgültig Schluss. Tom Benter wollte sich ändern, nach der Schule mit ehrlicher Arbeit sein Geld verdienen. Sich etwas aufbauen.

Aber zurzeit lief einfach alles schief, auch mit seiner Freundin Sarah. Sie mochte Toms Freunde nicht.

Aber er wollte Sarah nicht verlieren. Für sie würde er alles tun. Also nur noch das eine Mal. Was hatte Herr Timitza gerade erklärt? Man muss sich auch mal wehren und mutig eine Sache vertreten!

Den Zusammenhang der Ausführungen seines Lehrers hatte Benter leider nicht mitbekommen.

Freitag, 08.30 Uhr
Villa Kruse, Müngersdorf

Das Wochenende stand vor der Tür und dann am Mittwochmorgen sollte er schon abheben, ihr Flieger nach Kuba.

Nur noch fünf Tage.
Hertha Kruse hatte sich bereits heute freigenommen, es gab noch so viel zu erledigen.
Die Gedanken an die Vorbereitungen drehten sich in ihrem Kopf.
Die Wäsche für die zwei Wochen musste noch gebügelt werden, die Pässe waren zum Glück noch nicht abgelaufen. Der Garten musste auch noch einmal gegossen werden.
Dann sollte Frau Reinartz übernehmen.
Die Zeitung abbestellen.
Der Kühlschrank hatte schon ziemlich abgenommen, es waren nur noch vier Kölsch und ein paar Kleinigkeiten in den Ablagen.
Die Post macht auch Frau Reinartz und Hertha wollte das Haus noch einmal von oben nach unten durchputzen.
„Wenn ich nur wüsste, wo vorne ist, würde ich dort anfangen", sagte Hertha Kruse leise und lächelte glücklich in sich hinein. Dann streifte sie sich die rotgelben Gummihandschuhe über und ließ warmes Wasser in den grünen Putzeimer laufen.

**Freitag, 13.00 Uhr
Polizeirevier Weststadt**

Auch auf dem Polizeirevier war deutlich das anstehende Wochenende zu spüren.
Der Tagesdienst bereitete sich zielstrebig auf die bevorstehende Freizeit vor, während der Dienst für Hasenhüttl und Wollitz noch bis 20.00 Uhr ging. Immer mehr Kollegen verabschiedeten sich mit einem fröhlich befreiten Gesichtsausdruck ins Wochenende.
Wochenende!?
Davon konnten die beiden Streifendienstbeamten nur träumen.
Hase (Hasenhüttl) und Pele (Wollitz) hatten morgen, also am Samstag um 06.00 Uhr Frühschicht und auch die Nacht zum Sonntag gehörte ihrem Dienstherrn.
Am Sonntagmorgen konnten sie dann zwar ausschlafen, mussten aber oft den Nachmittag mit Kopfweh auf dem Sofa verbringen. Der Sonntagnachmittag war eigentlich der Tag der Familie. Eigentlich!
Aber dann am Montag, wenn alle in der morgendlichen Autoschlange auf der Dürener Straße zur Arbeit fahren, haben die Schichtdienstler frei. Erst am Mittwoch um 09.00

Uhr geht die Schicht dann wieder los, mit Wechselschichtergänzungsdienst.

Gegen Mittag, 13.00 Uhr, wird dann die diensthabende Frühschicht herausgelöst. Um 20.00 Uhr ist Feierabend!

Wechselschichtergänzungsdienst? Das waren Dienstbesprechungen, Fortbildungen, diverse Verkehrskontrollen, Einsatzübungen von Abwehrtechniken bis zu nachgestellten Amokläufen mit Übungswaffen und Farbmunitionstraining. Aber auch der Dienstsport gehört dazu.

Um 13.00 Uhr beginnt dann der *richtige* Polizeidienst, Abarbeiten der Einsätze, die der Wachhabende mit dem Versprechen, dass die Polizei sofort komme, in seinem warmen Zimmer entgegennimmt.

Am Donnerstag von 06.00 - 13.00 Uhr wieder Frühdienst und dann am selben Tag ab 20.00 Uhr geht der Dienst die Nacht durch, bis zum nächsten Morgen um 06.00 Uhr.

Das alles wiederholt sich über das ganze Jahr, ohne Rücksicht auf Ostern, Weihnachten, Pfingsten, den Hochzeitstag, den ersten Mai, den Geburtstag von Hases Ehefrau Simone, den Moto-GP-Kalender, das angesagte Bob-Dylan-Konzert oder die Heim- und Auswärtsspiele des 1. FC Köln!

Pele und Hase waren heute für die erste Streife eingeteilt, von 13.00 – 17.00 Uhr, Hase fährt. Hase fährt gut, aber etwas zu schnell.
Diesmal steuerte er zuerst das Wohngebiet Müngersdorf an.
„Da ist doch schon monatelang nichts mehr passiert, was willst du denn da draußen?", begann Pele das Gespräch.
„Das will gar nichts heißen, es kann immer und überall etwas passieren. Hast du schon mal was von Tageswohnungseinbrüchen gehört? Da draußen wohnen ganz schön wohlhabende Leute!" „Ach quatsch, du willst doch bloß an unserem RheinEnergieStadion vorbeifahren und gucken, dass dem nichts passiert", konterte Pele ironisch. „Und außerdem", fuhr Hase fort, „sind die Leute froh, wenn sie uns sehen, vielleicht nicht alle, aber zumindest die Anständigen!"

Doch noch bevor die beiden Polizisten ihr Ziel erreichten, wurden sie zu einem Verkehrsunfall mit Verletzten an den Eigelstein, direkt vor dem Wein- und Bierhaus Vogel, beordert.

Freitag, 18.00 Uhr
Villa Kruse, Müngersdorf

Otto Kruse kam nach Hause. Es fiel ihm sofort auf. Die Wohnung glänzte und blitzte in allen Ecken und Enden. „Du, Frau Kruse, wir gehen doch nur in den Urlaub oder willst du unser Haus verkaufen?"
„Nein, aber falls irgendwelche Einbrecher kommen, während wir weg sind, sollen sie es wenigstens sauber haben", lachte Hertha laut über ihren eigenen Scherz, während Otto ins Grübeln kam. „Einbrecher? Ach du lieber Schreck, jetzt habe ich doch glatt die Sache mit der Alarmanlage vergessen! Oder hat der Spinner sich gemeldet?"
„Ja, natürlich, der ruft jeden Morgen an und fragt nach, ob er bei uns etwas arbeiten kann! Nein, Quatsch, glaubst du noch an Wunder? Einem Handwerker musst du nachspringen und zwar mehrmals, sonst geht bei denen gar nichts!"
Ok, mach' ich dann am Montag. Samstags kriegt man die ja sowieso nicht. Außerdem haben die mir zugesichert, dass sie die Akten über die neue Alarmanlage schon längst an die Polizei Weststadt geschickt haben.

Die wissen also auf jeden Fall Bescheid.
Ich kenne einige von den Polizisten persönlich. Die von der Weststadt sind auf Zack! Was gibt es zum Abendessen? Habe einen Mordshunger."

Freitag, 19.30 Uhr
Polizeirevier Weststadt

„So jetzt wird's aber höchste Zeit, jeder von uns hat drei Unfälle gefressen! Das heißt morgen früh schreiben und das geplante Wurstessen um 09.00 Uhr fällt aus!"
„Geht nicht, habe die Wurst heute früh schon besorgt. Da müssen wir also durch", konterte Hasenhüttl freudig den Ausführungen seines Streifenkollegen. „Da musst du eben mal etwas schneller schreiben, Pele!", fügte er hinzu und bemühte sich dabei um einen möglichst ernsthaften Gesichtsausdruck!

Die beiden Polizeibeamten fuhren gerade in die Tiefgarage der Wache. Um 20.00 Uhr war Feierabend und die Kurzeinträge zum Pressebericht mussten heute noch geschrieben werden. Trotzdem verzichteten beide nicht auf das wohlverdiente Feierabendkölsch!

Um 21.15 Uhr waren die beiden jungen Familienväter dann Zuhause. Beide hatten jeweils drei Kinder, die jedoch bereits tief und fest schliefen.
Der Wecker klingelte am Samstag um 04.40 Uhr. Frühdienst um 06.00 Uhr.

Montag, 20.15 Uhr, Wohnung Kastro, Erzgebirge Aue – 1. FC Köln

„Auswärtssieg, Auswärtssieg!", rief Tonati schon beim Anstoß. „Halt's Maul und hol noch drei Dosen Bier!", forderte ihn Kastro auf, der sich immer mehr als der Chef der Gang aufspielte.
„Geh doch selber, du Saftsack", konterte Tonati gut gelaunt und machte eine abweisende Handbewegung, bei der sich sein Mittelfinger deutlich von den anderen abhob.
Tom Benter stand auf und holte drei Dosen Frühkölsch. Mit den Worten: „Auf geht's, zum Frühsport!", zog er den Verschluss ab und eröffnete die zweite Runde.

Fünfzehn Kölsch später: Endergebnis 2:2!
Zwei Halfar-Tore!
Gerade nochmal *joot jegange*.
Der Aufstieg ist damit noch möglich!

Auf Sport 1 lief bereits die Spieltagsanalyse der ersten Bundesliga.

„Also, jetzt zu meinem Plan. Noch zweimal schlafen. Am Mittwoch, um 16.00 Uhr, steigt das Ding. Habe nochmal alles abgeklärt. Es kann nichts schiefgehen und mir ist da noch so eine Idee gekommen. Ich werde genau um 15.58 Uhr die Polizei Weststadt verständigen. Die sind auch für Müngersdorf zuständig. Denen werde ich Hausstreitigkeiten in der Krautwigstraße 13 melden. Dort wohnt mein Vetter Albert Streit. Der wird die Bullen in ein Gespräch verwickeln und sie dabei ablenken.
Wir können uns also in aller Ruhe in Kruses Haus umsehen. Na, was sagt ihr dazu, ihr Salzstreuer?"

Tonati und Benter waren sich jetzt doch einig, dass Kastro der Chef bleiben sollte und die Sache mit hundertprozentiger Sicherheit gut über die Bühne bringen würde. Kastro holte höchstpersönlich noch drei Abschlusskölsch!
Nr. 16,
Nr. 17 und
Nr. 18!

Mittwoch, 04.15 Uhr
Flughafen Köln/Bonn

Die Boeing 474 hob pünktlich ab.
Als das Fahrwerk wie von Geisterhand eingezogen wurde, lehnte sich Otto Kruse zurück und lächelte seine Frau glücklich an. „Du schaust aus, wie damals an unserem Hochzeitstag." Sie sah ihm zufrieden ins Gesicht.
Und auch er sieht fast noch so aus wie damals als wir uns kennengelernt haben, dachte Hertha und schloss glückselig die Augen.
Es war doch sehr früh gewesen, um 01.30 Uhr aufstehen zu müssen. Aber sie hatten es ja nicht besonders weit gehabt, zu ihrem Flughafen Köln/Bonn.

Mittwoch, 09.00 Uhr,
Hans-Schäfer-Schule Stadtmitte

„Köln, wir haben ein Problem!" Mit diesen legendären Worten startete Lehrer Timitza den Geschichtsunterricht. „Ich habe gestern Nachmittag im Rektorat einen Brief vom Kultusministerium geöffnet. Nun, ich will es kurz machen, eure Geschichtsprüfung, die für einige von euch lebenswichtig ist, wird um zwei Wochen vorverlegt, findet also schon am nächsten Dienstag statt."

Er schaute in erstarrte Gesichter, ließ die Neuigkeit kurz wirken und fuhr dann fort: „Ich selbst bin auch überrascht und habe dort sofort angerufen. Kurzum, der Termin steht und ist nicht mehr zu verschieben. Das sage ich euch jetzt, ... bevor ihr auf mich losgeht. Da ich meinen Unterricht entsprechend dem Prüfungstermin geplant habe, kommen wir jetzt natürlich in Zeitnot. Aber ich will euch nicht im Regen stehen lassen. Wir werden, einschließlich heute, jeden Nachmittag von 15.00 - 17.00 Uhr Zusatzschichten einlegen und so bis zum Dienstag auf dem aktuellen Stand sein.

Ich erwarte von euch, dass ihr alle dabei seid und ... nur zur Kenntnis, es handelt sich dabei auch um meine Freizeit. Meine Frau Carmen hat ihre Begeisterung bereits heute Morgen zum Ausdruck gebracht, nur dass ihr auch meine Situation kennt."

„Ach du große Scheiße!" Da Benter seine Gedanken unbeabsichtigt laut ausgesprochen hatte, war es plötzlich mucksmäuschenstill im Klassenzimmer. „Natürlich wieder der liebe Tom. Mensch, gerade du hast es nötig.

Du gehörst zu den Kandidaten, für die ich mir das Ganze hauptsächlich ausgedacht habe. Tom, denk doch mal weiter. Ich will dir helfen und du lässt dir jetzt auch helfen und findest nicht irgendwelche fadenscheinigen Ausreden.
Und jetzt zum aktuellen Tagesgeschehen. Wo waren wir gestern stehen geblieben...?
Ach ja, beim Sturm auf die Bastille am 14. Juli 1789 und ihre Folgen."

**Mittwoch, 14.50 Uhr,
WhatsApp in Köln**

„Was soll denn diese Scheiße jetzt?" Kastro starrte ungläubig in sein Smartphone, während Tonati dümmlich daneben stand und dabei entsprechend grinste. „Hat deine Freundin dich versetzt, jetzt wo du ein reicher Mann bist, naja noch nicht ganz, oder kontrollierst du nur die Aufstellung vom FC und der Stanislawski hat wieder mal überwiegend Mist gebaut?"
„Halt die Fresse, wenn es das nur wäre! Viel schlimmer", schnaubte Kastro.
„Der Benter hat abgesagt, er will heute nicht dabei sein, er schreibt, er kann nicht anders wegen der Schule."

„Diese Pfeife, ... ich rufe ihn gleich an."
Eine Minute später.
„Mist, geht nicht ran."
„Und was jetzt?" Tonati stand noch mit dem selben dummen Gesicht neben Kastro.
Der überlegte kurz. „Es ist alles geplant. Ich bin die Sache tausendmal durchgegangen. Ich habe alles dabei, auch den Glaszieher für die Fensterscheibe. Die Kruses sind weg. Hab extra noch am Flughafen angerufen."
„Und da hast du eine Auskunft bekommen?"
„Natürlich, hab mich als Bulle ausgegeben!"
Kastro kniff die Augen zusammen und starrte unbewusst auf die Werbetafel am gegenüberliegenden Straßenrand mit der Aufschrift *Nimm dein Glück selbst in die Hand!*
„Wir machen es ... und mit wir meine ich du und ich. Bei geteilt durch zwei kommt unterm Strich mehr heraus, als bei geteilt durch drei. Dazu brauche ich keinen Nachhilfeunterricht wie der Depp Benter.
Wir ziehen das Ding zu zweit durch!"
„Ja, aber...!"
„Nichts aber. Es geht los. Ich kann mich doch auf dich verlassen? Komm jetzt!"
„Okay. Ja, natürlich."
Dann blieb Tonati plötzlich stehen. „Aber Benter weiß doch inzwischen alles."

„Der hält seine Waffel, dafür sorge ich!"
„Gut, holen wir uns das Zeug!"
„Auf geht's, Kumpel! Zum Gefecht."

Mittwoch, 15.58 Uhr
Villa Kruse, Müngersdorf

Kein Mensch hatte sie gesehen; die Straße war seltsamerweise wie leergefegt.
Die hintere Fensterscheibe konnten sie lautlos herausschneiden. Die beiden jungen Einbrecher gelangten zwischen der Garage und dem Wohnhaus unbemerkt in die Wohnung. *Zu ihrer Sicherheit* waren sämtliche Rollläden zu zwei Dritteln heruntergelassen, kurzum, es klappte alles wie am Schnürchen. Und Zeit hatten sie jetzt jede Menge. Keine Eile. Keine Hektik. Das Haus war voll von Wertgegenständen. Es dauerte nicht lange bis Kastro die besonders wertvolle Schmuckschatulle gefunden hatte. Schnell war ein beachtlicher Wert in der Leinentasche mit dem Logo von Victoria Köln verschwunden. Kastro strahlte.
„Das müssen echte Diamanten sein!"
In der Küche fanden sie noch etwas Bargeld. Immerhin 120 Euro! Tonati wurde in der

Werkstatt fündig und sicherte sich dort ziemlich teures Werkzeug, wie er fachkundig festgestellt hatte.

Kastro jubelte laut. „Mensch, das hat sich gelohnt. Da war mehr drin, als ich erwartet habe. Aber wir müssen langsam wieder verschwinden, nicht dass doch noch irgendwer etwas spannt."

„In Ordnung", meinte Tonati. „Mehr kann ich auch nicht schleppen."

Selbstbewusst und sich ihres Erfolges absolut sicher, verließen die beiden jungen Einbrecher das Wohnhaus durch die Balkontür, schlichen sich an der langen Wacholderhecke vorbei und schauten sich beim Gang in Richtung Straße erfolgreich ins Gesicht. Es hatte geklappt.

„Wir sind doch die Größten.", klatschten sich die beiden ab. Auch als Kastro die Gartentür zur Straße hin öffnete, fühlte er sich absolut sicher.

Alles war gut gegangen!

Jetzt nur noch die Ware sicher nach Hause bringen und entsprechend verteilen.

Halbe – Halbe!

Doch dann plötzlich Schritte. Viele Schritte. Schnelle Schritte! Dann ein überlautes Wort: „Zugriff!"

Und dann war alles anders. Kastro lag am Boden, die Hände wurden ihm nach hinten gedrückt, er verspürte sehr starke Schmerzen an beiden Armen und jetzt auch an seinen Händen. Die eng angelegten Handschließen drückten gegen seine Handgelenke.
Er bog sich vor Schmerzen und Zorn, doch eine Befreiung war unmöglich. Neben ihm lag Tonati, verkrampfte sich und schrie ihn an: „Du Arsch, warum habe ich dir nur vertraut?"
„Halt's Maul, das war doch alles deine Idee", wollte ihm Kastro vor der Polizei die Verantwortung noch in die Schuhe schieben. „Verfluchte Scheiße!"

„Gut gemacht, Frau Reinartz, wenn alle Nachbarn so aufmerksam wären wie Sie, dann gäbe es bald keine Einbrüche mehr", lobte PHM Hasenhüttl die resolute Dame, die stolz neben ihm stand. Gleichzeitig schob er Tonati nach vorn in Richtung Streifenwagen. Frau Reinartz lächelte erhaben. „Ja, denn ich habe jetzt ein Kind im Ohr! Seit ich mir das neue Hörgerät von dem 96er-Präsidenten angeschafft habe, höre ich wieder wie ein Luchs", freute sich die alte Dame und war stolz auf ihren Wortwitz. „Aber ich bleibe trotzdem FC-Fan", fügte sie schmunzelnd hinzu.

„Und bei dem Albert Streit hast du auch nicht angerufen", hielt Tonati dem Kastro vor, der inzwischen neben ihm hinten im Streifenwagen von Hasenhüttl und Wollitz saß. Kastro schaute nur geradeaus.

Kastro und Tonati kamen aufgrund ihrer Vorstrafen mit zwei Jahren Gefängnis ohne Bewährung aus der Gerichtsverhandlung Die Strafe mussten sie bereits am nächsten Monat antreten.

Benter bedankte sich bei Herrn Timitza für die bestandene Prüfung und für die andere Sache, auf die er aber nicht näher eingehen wollte.
Er war sich sicher, dass er jetzt auf dem richtigen Weg war. In dem Moment keimte sogar ein bisschen stolz in ihm auf.
Er wusste jetzt auch, dass er sich auf die falschen Freunde eingelassen hatte.
Seine Freundin Sarah wartete bereits im Bier- und Weinhaus Vogel auf ihn.
Sie saß direkt unter dem Meisterschaftsposter des 1. FC Köln aus dem Jahr 1978.

Es gab Currywurst mit Pommes und Krautsalat für 2,99. Toms Lieblingsessen.
Und ein Gaffel für 1,40.
Er bezahlte mit ehrlich verdientem Geld.

Tom hatte sich inzwischen auch mit Sarah ausgesprochen.
Sie versicherte ihm anschließend, bei ihm zu bleiben. Aber zunächst auf Bewährung, wie sie sich, mehr spaßig, ausgedrückt hatte.

Am nächsten Morgen stand vor dem Wohnhaus Timitza ein bunter Blumenstrauß. Dabei steckte ein kleiner Zettel: Für Carmen! Danke, Tom.

Kastro und Tonati zeigten sich doch noch als Freunde und ließen bei ihren Aussagen vor Gericht Benter komplett aus dem Spiel.

Herr Kruse hatte natürlich vergessen, vor dem Urlaub bei der Firma Spinner die Alarmanlage aktivieren zu lassen.
Die Alarmakten von der Villa Kruse waren bei der Kölner Polizei Weststadt nie mehr aufgetaucht. Die Verwaltung der Polizeidirektion entschuldigte sich und forderte von der Firma Spinner neue Unterlagen an.

Herr Spinner war sich absolut sicher, die Akten an die Polizei geschickt zu haben ...

Ein großer Geschenkkorb von den Kruses ging an Frau Reinartz, nachdem sie wieder in Deutschland gelandet waren und alles erfahren hatten.
Der 1. FC Köln ist am Ende der Saison in die Erste Fußballbundesliga aufgestiegen. Zurück in die Zukunft!
Es war der Beginn des großen FC-Projekts: *Spürbar anders.*

Tom Benter erfüllte sich wenig später seinen Lebenstraum. Er arbeitete an den Wochenenden in der Küche vom Bier- und Weinhaus Vogel und konnte sich bald von seinem Lohn eine Dauerkarte für den 1. FC Köln kaufen. Die Aufstellung vom FC kritisch zu kommentieren, war ihm inzwischen wesentlich wichtiger, als einen Einbruch zu planen, der am Ende des Tages ins Gefängnis führt.

Einsatz in Ehrenfeld

„Fahr nicht so schnell, wichtig ist, dass wir ankommen, nicht unbedingt wann", wollte Schäfer seinen jungen Kollegen zu einer etwas ungefährlicheren Einsatzfahrt auffordern. Natürlich dachte er dabei auch an seine eigene Sicherheit. Hönerbach und er waren jetzt schon drei Jahre zusammen auf Streife. Der Jüngere fuhr, wenn es drauf ankam, schon auf Biegen und Brechen. Des Öfteren versuchte Schäfer seine Angst herunterzuspielen, oder er schaute einfach zur Seite. Aber die Angst fuhr immer mit. Insbesondere dann, wenn Hönerbach, wie heute, wieder mit Hundertachtzig über die nasse Landstraße brauste. Da musste alles passen. Schäfer versuchte, sich abzulenken, schaute wieder aus dem Seitenfenster. Jetzt war die Geschwindigkeit besser zu ertragen. Der Wald und die Wiesen rasten an ihm vorbei.
Immer diese Idioten, dachte Schäfer jetzt, um auf andere Gedanken zu kommen. *Da leben sie jahrelang in einem Haus oder in einer Wohnung zusammen und dann will der Alte seine Frau erschlagen. Damit macht er doch alles kaputt. Der muss ja völlig weggetreten*

sein. Diese Leute sind nicht in der Lage, die Folgen ihres Handelns einzuschätzen.
Oder war es schon vorher so, dass das Gemeinsame keinen Sinn mehr hatte, dass es schon viele Jahre kaputt war, dass es tatsächlich eine Lösung war, aber ... Gewalt als Lösung? Schäfer dachte an seine Ehe. *Nur einmal, wenn ich nur einmal die Hand gegen meine Frau erheben würde, dann, ja dann wäre es das Ende unserer Beziehung.* Sie hatte das zwar noch nicht so gesagt, doch er wusste es. Genauso, wie er auch wusste, dass er dies nie tun würde und sie ihm gleichsam keinen Grund dafür geben würde ... obwohl es für Gewalt nie einen Grund geben darf.
Ich kann doch nicht mit einer unbedachten Handlung alles zerstören, was man zum größten Teil mit viel Mühe in den Jahren gemeinsam aufgebaut hat. Unvorstellbar!
Durch eine leichte Windböe, die den Streifenwagen etwas nach rechts versetzt hatte und im weiteren Verlauf aufschaukeln ließ, wurde Schäfer aus seiner Gedankenwelt gerissen.
Sie waren inzwischen kurz vor ihrem Einsatzort. Ein betrunkener Ehemann soll mit einem Beil bewaffnet die Wohnung kurz und klein schlagen.

Die Frau hat wohl wahnsinnige Angst. „Bitte kommen Sie schnell, er schlägt mich sonst tot." Das waren die letzten Worte, die der Wachhabende, Polizeikommissar Wernhard noch durch das Telefon gehört hatte. Dann wurde die Leitung unterbrochen.
Für Rückfragen war keine Gelegenheit mehr. Auf Rückrufe reagierte niemand. Das hieß natürlich höchste Alarmstufe. Gefahr im Verzug.

Hönerbach und Schäfer waren zum Anrufzeitpunkt noch ca. acht Kilometer vom Tatort entfernt und fuhren beschleunigt an. Schäfer konnte sich nicht vorstellen, dass man noch schneller fahren könnte, als Hönerbach dies jetzt bereits tat. Hundertachtzig!
„Sind jetzt gleich außerhalb beim Hausstreit in Ehrenfeld", meldete Schäfer. Hönerbach befand sich zu diesem Zeitpunkt schon an der Haustür.
Lautes Gepolter und Geschrei vermischten sich. Scherben klirrten. Die Vorhänge der Nachbarn gegenüber schlossen sich langsam.

„Halt! Stopp! Wir gehen gemeinsam hoch!", hielt Schäfer seinen Kollegen zurück, der bereits die Tür, die unverschlossen war, geöffnet hatte. Taschenlampe und Pfefferspray vorgehalten, gingen die beiden Beamten zügig, aber gleichsam vorsichtig die alte ungepflegte Treppe hoch, die durch ihr lautes Knarren die beiden Kollegen bereits ankündigte. Aber davon hörten die Streithähne oben nichts.

Beim Erblicken der beiden Beamten stürzte sich die an beiden Armen und am Kopf blutende Frau, Mitte dreißig, in deren Richtung, um jetzt den Schutz zu finden, den sie während des Streites mehrmals vergeblich gesucht hatte.
Mitten im Zimmer stand der etwa vierzigjährige Mann in Rambomanier. In der Hand eine mittelgroße Axt. Drohende Gebärden begleiteten sein wildes Geschrei. Nachdem die Frau unter dem Schutz der beiden Polizisten das Zimmer verlassen hatte, waren nun die Uniformierten die neuen Opfer des vor Wut schäumenden Mannes, der gut seine hundert Kilo wog.

„Kommt her, ich bringe euch beide um, einen nach dem anderen. Vor euch habe ich keine Angst. Ich mache euch fertig. Ich habe nichts mehr zu verlieren. Ihr habt doch keine

Ahnung was hier abgeht! Von euch Burschen lasse ich mir gar nichts sagen. Ich gebe euch nur eine Chance, wenn ihr hier verschwindet, also sofort raus aus meiner Wohnung! Raus!"
Die jungen Beamten arbeiten sich vorsichtig in dem relativ großen Wohnzimmer nach vorne und während der Randalierer noch damit beschäftigt war, die Polizeibeamten fortlaufend auf niedrigstem Niveau zu beleidigen, war Schäfer plötzlich hinter ihm, ergriff seinen Hals und zog ihn rückwärts zu Boden. Dann ein weiterer kurzer Hebelgriff und schon lag er auf dem Bauch. Die Axt war ihm bei dieser Aktion glücklicherweise entglitten und lag inzwischen unter dem Tisch. Hönerbach hatte bereits die Handschließen aus seiner Holstertasche gezogen und konnte sie dem Mann anlegen, bevor der erkannte, was überhaupt passiert war.
Das Ungetüm war jetzt wehrlos.
Gebändigt!

Ungläubig und völlig überrumpelt schaute der Koloss nach oben. Wie ein Kind, das keine Geschenke zu Weihnachten bekommen hatte. Er konnte immer noch nicht glauben, was er eben erlebt hatte.
Aber er musste.

Die Aktion war nicht abgesprochen. So was muss sitzen.
Der Störer durfte nie den ersten Schritt machen.
Doch plötzlich ergriff den Mann wieder der Wahn. Wie ein wildes Tier tobte er und versuchte sich immer wieder loszureißen, wobei er eine unbändige Kraft entwickelte.
Es dauerte einige Minuten, bis er aufgrund der Haltegriffe der Beamten und den Handschließen, die ihm immer tiefer in die Gelenke geschnitten hatten, aufgeben musste.
Die Frau, die wieder in das Wohnzimmer zurückgekommen war und aus sicherer Entfernung alles mitangesehen hatte, schwenkte plötzlich um. Sie hatte jetzt offensichtlich Mitleid mit ihrem Mann, der sie vor wenigen Minuten noch fast umgebracht hätte. „Tut ihm doch nicht so weh, er kann ja auch nichts dafür. Er ist krank! Hört auf!
Lasst meinen Mann doch endlich in Ruhe! Ich komme schon selbst mit ihm klar ..."

Die Polizei darf eine Person, von der für andere eine Gefahr ausgeht oder die sich selbst gefährden könnte bis zum Ende des folgenden Tages oder bis der Zweck erreicht ist, festhalten.

Und dies nur mit richterlicher Bestätigung, sofern die Person anhörungsfähig ist.

Am darauffolgenden Sonntag erschienen die beiden Polizeibeamten noch einmal in der Wohnung der beiden Eheleuten, um den Sachverhalt schriftlich aufzunehmen und die Geschädigte über ihre rechtlichen Möglichkeiten zu informieren. Außerdem musste die Frau noch zur Stellung eines Strafantrages befragt werden.
Die beiden Eheleute saßen jetzt aber friedlich zusammen beim Nachmittagskaffee. So als ob nie etwas passiert wäre. Sie boten den beiden Polizeibeamten sogar Kaffee und Kuchen an. Dieses Angebot wurde jedoch entschlossen abgelehnt.

Die Frau hatte bei der Auseinandersetzung Schnittwunden an beiden Unterarmen, sowie eine Gesichtsverletzung erlitten! Zwei Verbände, mehrere gerötete Stellen und ein großes Pflaster zeugten noch visuell von dem vorausgegangenen Konflikt. Aber sie gab an, nicht verletzt zu sein ...

Von der Polizei wurde zwar eine Anzeige bei der Staatsanwaltschaft vorgelegt, aber die

Geschädigte, also die Ehefrau, verzichtete auf die Stellung eines Strafantrages!

Besonders verwunderlich war, dass die Frau in einer Familie aufgewachsen war, in der der Vater regelmäßig alkoholisiert randalierte und seine Frau, sowie die Kinder, immer wieder geschlagen hatte.

Unzählige Polizeieinsätze sind diesbezüglich dokumentiert!

Und genau diese Frau hatte sich wieder einen gewaltbereiten Ehemann gesucht und diesen auch gefunden. Und das ist kein Einzelfall!

Die Anzeige wurde von der Staatsanwaltschaft mit einem Stempeldruck und einer Unterschrift eingestellt.

Mützenwechsel

„Träume sind doch nur Illusionen", murmelte Schuhmacher, als er sich auf den alten Rattanstuhl setzte.

„Natürlich", bestätigte ihm seine Frau, die zwar nicht hingehört, geschweige denn verstanden hatte, was der Alte sagen wollte, aber es hatte sich so eingespielt, es war ihr schon lange egal. Sie hatte ihr eigenes Reich errichtet und ... es war ihre einzige Chance!
Schuhmacher murmelte noch etwas von „Misswirtschaft und kalter Progression", wobei er an seinen Kollegen Alwin Haas dachte, der des Öfteren über diese Themen referiert hatte!"
Dann traf sein Blick die leere Ecke, in der früher der Fernseher gestanden hatte. Er hätte ihn schon lange von der Reparatur abholen können. Doch Schuhmacher vermisste ihn nicht. Es war ihm alles zu viel. An das ungenutzt auf dem Boden liegende Antennenkabel hatte er sich bereits gewöhnt.
Langsam drehte er seinen Kopf zur Tür hin, durch die seine Frau gerade den Raum verlassen hatte. Dabei war er sich nicht ganz

sicher, ob es wirklich seine Frau war. Sie sah irgendwie anders aus. Als wären es verdrängte Erinnerungen, zeichnete sich plötzlich ihr Bild in seinen Gedanken ab. Nein, das war nicht seine Frau! Jetzt häuften sich seine Fragen, die er sich schon so oft gestellt hatte, aber nie beantworten konnte. Zweifel kamen auf.
„Antworten?", seufzte er leise in sich hinein. „Muss es immer Antworten für alles geben, müssen wir immer alles verstehen wollen?"
Er ertappte sich bei Lösungsversuchen, die er gar nicht angehen wollte. Ändern wollte er vieles. Konnte er es überhaupt noch mit seinen achtundfünfzig Jahren? Hatte er noch die Kraft dazu?
War es bereits zu spät? War die Uhr seines Lebens abgelaufen oder gab es da noch Hoffnung?
Hoffnung in dieser neuen Welt zu leben, in der Wirklichkeit seines Traumes. In seiner Erfindung? In seiner unheilen Welt?
Oder war dies überhaupt nicht seine Welt?
Immer wieder kehrten die Gedanken, dass dies nicht alles gewesen sein konnte, in seinen Kopf zurück. Dass es nicht in einem fernen Reich Gottes weitergehen sollte, sondern nur hier auf dieser Welt. Das glaubte er

nicht mehr. Er wusste es! Da war noch etwas, etwas ganz Großes! Nur, wo fand diese Welt statt? Und durfte er überhaupt dabei sein?
Heute wollte er mit den Vorbereitungen beginnen. Heute und nicht morgen. Aber wie oft hatte er sich das schon vorgenommen?
Als er seine kleine, düstere Drei-Zimmer-Mietswohnung im zehnten Stock verließ, sah er sie in seinem Augenwinkel in der Küche stehen. Schuhmacher hielt aber nicht an und drehte sich nicht mehr um. Er ging geradeaus weiter zur Eingangstür.

Dort blieb er stehen. Sein Blut schoss ihm glühend heiß durch die Adern. Er spürte die Kraft wachsen. Sein Körper richtete sich automatisch auf; er zeigte optische und mentale Größe. Das waren völlig neue Gefühle für ihn.
Für ihn, der sich immer so klein, so unbedeutend gefühlt hatte. Er, der es allen recht machen wollte, er der Kleinbürgerliche aus dem zehnten Stock. Jetzt stand er da, wie ein Mann. Es tat so gut. Er fühlte Befreiung. Etwas Neues hatte ihn erfasst, die Droge, die sich Freiheit nennt.
Die Welt öffnete sich für ihn. Und jetzt der Schritt über die Schwelle.

Nur ein Schritt, ein kleiner Schritt in sein neues Leben.
Schuhmacher atmete tief ein. Er machte den Schritt ... und war frei.

Wenige Minuten später saß er schon im Zug. Die monotonen Geräusche beruhigten ihn und weckten neue Gefühle.
Freiheit?
Ja! Jetzt war sie greifbar! Aus schwarz-weiß wurde bunt. Der blaue Himmel spiegelte sich in seiner Seele. Er fühlte, wie sich alles färbte. Er fühlte die Veränderung, konnte wieder frei atmen und wusste, dass ihm etwas Großes, Unerwartetes bevorstand. Nur wusste er noch nicht, was es war. Aber es war da. Er schwebte sprichwörtlich, getragen von einer Leichtigkeit des Seins.
Die junge Frau gegenüber lächelte ihn schüchtern und gleichzeitig herausfordernd an. Schuhmacher schloss die Augen. Die Frau lächelte immer noch; er sah es mit geschlossenen Augen. Ein heimlicher Kontrollblick bestätigte es.
Die Welt verschwamm in weichen Farben und er genoss dieses warme Gefühl.
Er war auf dem besten Weg sein Leben zu genießen, sich von der Welle des selbst

geschaffenen Glücks tragen zu lassen. Er wusste nicht, wohin er fuhr. Er wusste nicht, was auf ihn zukam. Aber er war in seiner neuen Welt.
Er träumte seinen Traum in der Realität. Der Himmel tat sich auf! Er lächelte die Frau ihm gegenüber verheißungsvoll an. Sie lächelte zurück.

Plötzlich wurde es laut. Die Menschen im Zug schrien durcheinander.
Die Schreie steigerten sich zu ekstatischen Lauten, um dann in ein hilfloses Schweigen überzugehen. Angst breitete sich aus.
Doch was war passiert?
Der Geräuschpegel kam Schuhmacher immer näher. Sie mussten schon im Waggon vor ihm sein. Er spürte eine Bedrohung. Warum ging es so laut zu? Hatte es überhaupt etwas mit ihm zu tun? War er schon entdeckt worden? Sollte sein kurzer Ausflug ins Glück schon vorbei sein? Schuhmacher war wieder auf dem Boden der Realität, zurück in seiner alten Welt.

Jetzt erkannte er die Gestalten. Es waren vier oder fünf, die seinen Waggon betraten. Sie waren alle schwarz gekleidet und bewaffnet.

Der Blick des ersten Mannes flog über die Leute in den vorderen Sitzreihen. Er ließ seinen Blick über die weiteren Sitzreihen gleiten und schaute wie ein Geier Schuhmacher in die Augen. Der Blick des Mannes stagnierte. Er hatte offensichtlich sein Opfer gefunden.
Schuhmacher hatte das Gefühl, dass der andere ihn gesucht und jetzt auch gefunden hat. Er fühlte sich ertappt. Was wollten sie von ihm? Er hatte doch nur ein kleines Stück Freiheit gesucht. Ließ ihn seine Frau schon suchen? Vermisste sie ihn? Obwohl sie oft stundenlang keine Notiz von ihm genommen hatte, so ging es doch um so schneller, wenn er ein einziges Mal einfach wegging. Ohne zu sagen wohin er geht und ohne zu sagen warum er geht. So schnell ist doch die Polizei nicht. Da werden doch erst Protokolle aufgenommen, zunächst beruhigende Worte gesprochen, wie zum Beispiel: *Eigentlich kann er hingehen, wohin er will. Er ist ein freier Mensch. Aber er kommt bestimmt bald wieder, wollte sich vielleicht nur die Beine vertreten. Haben Sie schon im Krankenhaus angerufen?*
Nein, dachte Schuhmacher, *so schnell kann das nicht gehen.*

Warum dieser Blick, dieser fesselnde und einnehmende Blick?
Es kam ihm vor, als sei er verraten worden. Aber von wem? Und warum? Was hatte er überhaupt getan?
Nach einem kurzen Gemurmel herrschte im Zugabteil von Schuhmacher Stille.
Die anderen Fahrgäste schienen beruhigt, ja erlöst zu sein. Die bewaffneten Männer hatten offensichtlich ihr Opfer gefunden. Die Schritte kamen näher. Sollte er aufstehen und ihnen entgegengehen? Sie darauf hinweisen, dass er der Falsche sei und er die Sache aufklären könne ... oder seine Frau ... oder sein Nachbar Rudi Kemmer? Schuhmacher brach-te kein Wort heraus, als die vier Männer an seiner Sitzreihe anhielten und ihn bedrohend mit ernsten Blicken anschauten. Auch das Lächeln der ihm gegenüber sitzenden Frau war jetzt erkaltet. Dann ging alles sehr schnell. Einer der Männer holte seine schwarze Pistole aus dem Halfter. Entsicherte sie! Zielte auf seinen Kopf.
Hatte er jetzt einen Schlag gespürt?
Einen Knall?
Drehte sich da irgendetwas?
War er noch da?
Er suchte hilflos seinen Körper ab.

Jetzt hörte er Gemurmel um ihn herum. Mitleidsbekundungen. Die Frau ihm gegenüber kreischte laut. Lebte er überhaupt noch?
Dann Blut!
Überall um ihn herum floss Blut. Zunächst die Rückenlehne hinunter, über den Sitz und dann dick tropfend auf den Boden. Die Blutlache auf dem schwarzen Boden wurde immer größer.
Aber komisch. Er spürte keine Schmerzen.
Vom Innersten seines Körpers strahlte eine wonnige Wärme nach außen.
Schuhmacher wollte weglaufen, brachte aber kein Bein vor das andere. Das Licht verschwamm, flackerte noch einmal kurz auf.
Dann war es dunkel.
Absolute Stille.
Völlige Leere.
Schwarz.
Aus!

Er spürte sich selbst nicht mehr.
Das war es dann wohl mit seiner Freiheit und mit seinem Leben.

Schuhmacher schlug die Augen auf, tastete seine Arme und Beine ab und stellte fest, dass er schwitzte.

Aber es war kein Blut!
Er lag in seinem Bett. Im Zimmer war es dunkel, nur ein kleiner Lichtschimmer drang durch die Rollladenlamellen.
Es musste Tag sein. Es war still.
Ganz langsam konnte er sich erinnern!
Seine Frau sorgte immer für Ruhe im Haus, wenn er vor dem Nachtdienst schlief. Seit mehr als dreißig Jahren war er im Schichtdienst, musste regelmäßig Nachtschicht bei der Polizei verrichten.
Schuhmacher kam jetzt ganz zu sich.
Wieder hatte er, wie schon so oft, diesen Traum gehabt.
Wieder fragte er sich, was der Traum ihm sagen wollte. Er wohnte doch in einem schönen Einfamilienhaus. Was hatte es mit diesem zehnten Stock auf sich und mit der anderen Frau?
Sein Blick wanderte zur weißen Dienstmütze, die über der Stuhllehne hing.
Wäre es nicht an der Zeit, die Mütze gegen eine grüne Mütze des Tagesdienstes einzutauschen? „Vielleicht schaffe ich dieses Jahr den Wechsel", sagte Schuhmacher zu sich selbst. Er brauchte diese Abenteuer des Schichtdienstes nicht mehr aus denen unrealistische Träume entstehen.

Jump Run

Dienstbesprechung zum Peter-Maffay-Konzert im Schlosshof Bad Mergentheim mit Erster Polizeihauptkommissar Karl Volk.
„Ganz wichtig für unseren Einsatz morgen Abend ist dann noch der Kradfahrer. Der bekommt einen ganz besonderen Spezialauftrag. Strack, du bist zwar ein begnadeter Motorradfahrer, zumindest privat, wie ich gehört habe, aber da wir morgen im Dienst sind, lassen wir Wheelies, Slides und andere Kaspereien auf dem Motorrad einfach mal weg." Volk machte eine kleine Kunstpause. „Es geht mir insbesondere um den Jump Run!"
Verwundert und mit einem *Dr.-Alexander-Kahnweiler-Blick* drehte sich Strack zu den anderen Kollegen hin, die jedoch auch nicht schlauer aus der Uniform schauten, als er selbst.
Jump Run?
„Gibt es dafür auch ein Wort, das jeder hier im Raum versteht?" Strack blickte fragend zu seinem Einsatzleiter. „Oder ist das so etwas ähnliches wie ein Stoppie?", ergänzte der Motorradfahrer ironisch.

Erster Polizeihauptkommissar Volk lächelte zunächst überlegen und begann dann seine Erklärung, wobei er seinen Arm väterlich auf Stracks Schulter legte.
„Ich muss zugeben, gestern früh wusste ich es auch noch nicht. Also ... vor unserer Besprechung bei der Polizeidirektion in Tauberbischofsheim. Aber die Erklärung ist ganz einfach. Der Peter Maffay hat am Abend noch einen wichtigen Termin. Wenn er jetzt noch zehn Zugaben spielt und dann wartet, bis die Straßen leer und die letzten Zuschauer nach Hause getrabt sind, dann verpasst er den. Fragt mich aber nicht, was der Maffay so spät noch vorhat!" Volk lächelte süffisant und schaute demonstrativ in die Runde.
„Deshalb hat er selbst den Jump Run als Abschied vom Bad Mergentheimer Publikum gewählt. Und das heißt für dich, Kollege Strack, dass du, wenn er die dritte Zugabe spielt, mit deinem Motorrad hinter der Bühne wartest. Das Lied heißt: *Es war Sommer.*
Unmittelbar hinter dir steht dann ein silberner E-Klasse-Daimler mit laufendem Motor. Der Maffay geht dann Backstage, während seine Musiker noch weiterspielen. Er steigt in den Daimler und du machst denen durch den engen Schlosspark die Bahn frei. Und das,

mein lieber Strack, ist der Jump Run. Verstehst du jetzt, von der Bühne hüpfen und rennen, ... also wörtlich genommen.
Wir haben alle mal wieder was dazugelernt. Ich hoffe ich kann mich auf euch verlassen und ansonsten wird gemäß Einsatzbefehl verfahren. Die anderen Positionen sind ja bereits hinlänglich bekannt."
EPHK Volk faltete die vor ihm liegenden Papiere zusammen und verabschiedete sich von seinen Einsatzkollegen, die das Peter-Maffay-Konzert am nächsten Tag sicherheitstechnisch abzuwickeln hatten. „Halt, noch was. Wir tragen das kurze Sommerdiensthemd bei dem Einsatz."
Es war Sommer ...

Strack fuhr nach der Einsatzbesprechung noch nach Hohebach zum Training. Vorbereitung auf die neue Fußballrunde. Viel laufen und das meiste ohne Ball! Den Berg hoch und runter. Mit seinem Partner auf dem Rücken.
Sein Trainer hieß jetzt nicht mehr Franz Proof, sondern Walter Mühleck.
„Geht auch vorbei", dachte Strack und freute sich schon auf die übernächste Runde, wo er nur noch in der Altherrenmannschaft spielen

wollte. Strack war kein großer Läufer. Eher der faule Techniker. Heinz-Flohe-Style!
Er blieb nach dem Training im Sportheim noch etwas sitzen. Morgen konnte er ausschlafen. Das Maffay-Konzert mit dem Jump Run war zum Glück erst am Abend.

Es war schon 'ne ganze Menge los in der Kurstadt. Viele junge Leute, aber überwiegend Pärchen so Mitte fünfzig.
Graue Panther, dachte Strack, als er mit seiner 944-er Ducati ST2 in den Schlosshof einbog, wobei die Trockenkupplung seines italienischen Motorrads laut rasselte. Aber das musste so sein, sonst wäre es keine Duc!
So fuhr er, wie sonst auch, zum Dienst. Aber diesmal wurde er von einem Ordner angehalten. „Halt, hier können Sie nicht durch! Alles gesperrt wegen dem heutigen Peter-Maffay-Konzert!"
Erst als Strack den grünen Polizeiausweis aus seiner alten Belstaffjacke gezogen und dem Ordner vor die Nase gehalten hatte, machte der mit einer entsprechenden Geste den Weg frei. Strack fuhr in die Tiefgarage. Auf die Sperrfläche der Einfahrt. Dort wo sein Motorrad immer stand.
Und immer verbotswidrig.

Letzte Einsatzbesprechung im zweiten Stock.
„Also dann verfahren wir wie gehabt. Der Anreiseverkehr ist erwartet hoch, wir haben viele Staus auf den Einfallstraßen. Aber es läuft sonst alles nach Plan. Die diensthabende Schicht C hat die Lage im Griff.
Sie haben die Ampelanlage Erlenbachtal auf Handregelung umgeschaltet.
So läuft es wesentlich besser.
Für uns gibt's sonst keine Veränderungen seit gestern. Also wir verfahren wie besprochen.
„Halt, doch noch was. Zwei Beamte haben sich krank gemeldet. Dafür sind die Kollegen Trefs und Diehm von der Autobahnpolizei freiwillig eingesprungen. Und was mir noch am Herzen liegt, haltet Funkbereitschaft. Der erfahrene Funker, Polizeihauptmeister Harald Köstler, ist für euch im Polizeirevier immer ansprechbar. So und jetzt ... raus mit euch", beendete EPHK Volk seine Einsatzbesprechung. *Ein guter Chef*, dachte Strack.
Als Strack bereits auf dem Weg zu seinem Motorradschrank war, hielt ihn sein Chef nochmal an der Hand fest: „Also Gerd, für mich ist es ein besonderes Anliegen. Das mit Maffay's Jump Run muss auf jeden Fall klappen. Du kannst den Daimler dann an der Solymarkreuzung ruhig überholen lassen.

Der Fahrer hat mir vermittelt, dass er sich auf der Bundesstraße gut auskenne. Anschließend kannst du dich dann um den Verkehr in der Innenstadt kümmern. Wir werden nach dem Konzert noch einiges zu tun kriegen!"
„Alles klar, wie besprochen", beruhigte Strack seinen Chef beim Weglaufen, der ihm zufrieden nachsah.
Strack zog seine froschgrüne Lederkombi an, die er vor knapp zwei Monaten gebraucht von seinem Kollegen Edgar Lochner, der zum Wirtschaftskontrolldienst gewechselt war, übernommen hatte. Er nahm seinen alten Römerhelm aus dem Schrank und machte sich auf den Weg zur Tiefgarage.
Dort stand sein heutiger Arbeitsplatz, eine BMW R 60/6. 40 PS, 600 ccm. Elektro- und Kickstarter. Gläser Vollverkleidung mit zwei Rückspiegeln, sowie Motorschutzbügeln, die Strack schon fast zur Hälfte abgeschliffen hatte. Bei wichtigen Einsatzfahrten?!
Die Gummikuh lief auf den ersten Knopfdruck an und bollerte von rechts nach links und wieder zurück. Eine BMW halt!
Beim Anfahren hob sie sich leicht aus den Federn. Stracks erste Fahrt stand im Einsatzbefehl unter Voraufsicht. Die Stadt war schon ziemlich voll von Maffay-Fans.

Noch zwei Stunden bis zum Konzert. Strack fuhr die Einfallstraßen ab. Überall lange Staus. Die verkehrsregelnden Beamten an den Kreuzungen taten ihr Bestes, konnten aber nicht überall sein.

Strack musste einigen Linksabbiegern, die in die Vorfahrtsstraßen einfahren wollten, weiterhelfen.

Sonst hätten die das bei diesem Verkehrsaufkommen nie geschafft, dachte sich der Kradfahrer.

Die letzte halbe Stunde stand Strack mit seinem Dienstmotorrad auf der Verkehrsinsel der Kapuzinerkreuzung, wobei er aber immer wieder in den zähfließenden Verkehr eingreifen musste.

Dann, endlich, 20.00 Uhr. Konzertbeginn.

Peter Maffay stand breitbeinig auf der Bühne. Er begrüßte sein Publikum und erklärte musikalisch gleich im ersten Lied, dass man über *sieben Brücken gehen muss*! Da Strack im Moment nicht mehr gebraucht wurde, stellte er sein Motorrad ab und ging in sein Polizeirevier, das sich keine zwanzig Meter von der Konzertbühne entfernt befand.

Hunger und Durst waren stärker als das Bedürfnis, noch einen weiteren Ratschlag von Peter Maffay entgegenzunehmen. Und dass es gerade Sommer war, wusste er auch so! Deshalb auch das Sommerdiensthemd ... Aber dieses Lied sollte ja laut Einsatzbefehl erst später kommen, ... ganz zum Schluss.

Nach circa zwei Stunden, inklusive Pause, spielte Maffay seine erste Zugabe: *Du* hieß das Lied. Strack war zwar nicht gemeint, aber er stellte sich jetzt trotzdem mit seiner BMW hinter die Bühne.
Auch der Daimler Benz stand schon bereit. Es erfolgte eine kurze Absprache mit dem Fahrer. Ja, er kenne den Weg auf der Bundesstraße, meinte er.
Einfach Richtung Autobahn.
„Okay, ich wink' euch dann vorbei, denn nach dem Konzert geht's bei uns erst richtig rund", verabschiedete sich Strack mit einem Handzeichen an seinen Kopf und setze sich zufrieden auf sein BMW-Dienstmotorrad.
Der Fahrer nickte bestätigend und versuchte Strack's Handbewegung zu imitieren.
Inzwischen lief die zweite Zugabe aus Tabaluga, *Ich wollte nie erwachsen sein!*
Ich schon dachte Strack.
Der Maffay ist aber tatsächlich ziemlich klein. Da geht noch was ... nach oben, führte Strack seine Gedanken ironisch fort.

Er konnte den Sänger von hinten beobachten. Dann die dritte Zugabe. Jetzt erklärte Maffay endlich, dass es *Sommer war und er sechzehn, sie jedoch einunddreißig ... und dass er von der Liebe nicht viel wusste.* Peter Maffay konnte sich noch an die kleinsten Details seiner ersten Liebe erinnern! Auch, dass er, *nachdem sie hinunter zu Strand gegangen waren, als Mann die Sonne aufgehen sah ...*

Strack startete den Boxer der BMW bereits mitten im Lied. Einer von den Ordnern schaute böse zu ihm herüber. Strack zuckte nur mit den Schultern. Den Text fand er sowieso nicht gerade so berauschend.

Was wohl Helge Schneider dazu sagen würde oder Jürgen von der Lippe?, verstrickte er sich in seine Gedanken, als Maffay bereits die Treppe heruntergekommen war und ihm zuwinkte. Der Sänger lächelte kurz und stieg in den silbernen Mercedes. Ein kurzes Zeichen zum Fahrer und Strack fuhr los.
Der Daimler folgte dem Motorrad mit kürzestem Abstand durch den Bad Mergentheimer Schlosspark.
Alles ging problemlos.
Die Band spielte immer noch.

Die Ordner und das Abbaukommando strömten auseinander und die beiden Fahrzeuge kamen schnell auf die B 19. Dann links abbiegen in Richtung Igersheim/Würzburg. Wie vorher mit dem Fahrer besprochen.
Alles klappte bestens.
Der B 19 folgen und in Würzburg dann auf die A 3. Alles klar.

Kurz nach der Solymarkreuzung blinkte Strack rechts und ließ den Daimler überholen. Wie besprochen. Maffay grüßte noch zum Abschied, indem er erneut die rechte Hand hob und in der ihm eigenen Art lächelte.
Abschied von Peter Maffay!?

Strack fuhr zurück zur Kapuzinerkreuzung. Dort war der Kollege Bauschert vom Ordnungsamt der Stadt Bad Mergentheim bei der Verkehrsregelung auf sich alleine gestellt. Strack stellte sein Krad auf der Rechtsabbiegespur ab, um diese in Richtung Schloss zu sperren und unterstützte dann den Mann vom Ordnungsamt, da jetzt bereits immer mehr Konzertbesucher aus dem Schlosshof strömten.
Viele Besucher hatten zwar noch mit einer vierten Zugabe gerechnet, die ihnen aber

offensichtlich verwehrt wurde. Strack wusste sogar warum ...
Schließlich verstummten die letzten Zugaberufe im Schlossinnenraum und die Konzertbesucher machten sich auf den Heimweg.
Bauschert und Strack hatten die Situation schnell im Griff und die Leute konnten die B 19 immer wieder in größeren Blöcken gefahrlos überqueren.

Es waren bereits circa dreißig Minuten vergangen, als plötzlich ein silberner E-Klasse Daimler, von Igersheim kommend, direkt neben Strack anhielt. Mit rumänischem Akzent sprach ihn ein kleiner Mann auf dem Beifahrersitz ganz aufgeregt an. Sie hätten sich verfahren und seien jetzt wieder in Bad Mergentheim gelandet. Wie auch immer! Auf dieser Strecke wäre keine Autobahn und jetzt würde es natürlich verdammt knapp mit seinem Termin werden. Schnell stellte sich heraus, dass der Daimler mit Peter Maffay auf Höhe von Igersheim geradeaus gefahren war und nicht, wie vorher besprochen, links abgebogen und der B 19 weiter gefolgt ist. Der Fahrer hatte einfach die Stelle zum Abbiegen verpasst. Dort befindet sich tatsächlich keine Autobahn.

Aber wunderschöne Städte, wie Weikersheim, Creglingen oder Rothenburg.
Strack schwang sich sofort auf sein Motorrad. Der Daimler konnte mit Bauscherts Hilfe unverzüglich wenden. Der Kradfahrer fuhr an der Solymarkreuzung vorbei, bog auf Höhe von Igersheim nach links ab, um der B 19 weiter zu folgen, so wie es geplant gewesen war. Erst dann gab er, jetzt zum zweiten Mal, Zeichen, dass der Daimler überholen solle. Dieser fuhr mit höherer Geschwindigkeit vorbei, hupte noch kurz und war keine zwanzig Minuten später auf der Autobahn.

Strack hatte danach, außer im Radio oder im Fernsehen, nie mehr etwas von Peter Maffay gehört.
Ist vielleicht auch besser so, dachte sich der Kradfahrer, der sich bereits auf sein Feierabendbier freute! Und dabei erzählt man sich bei der Polizei so seine täglichen Erlebnisse.
Heute war Peter Maffay mal dran!

One more night

Der Dienstgruppenführer, Polizeihauptkommissar Helmut Balbach, beendete das Gespräch mit den Worten: „Jetzt gehen Sie mal selbst hin, klingeln an der Haustür und fordern ihren Nachbarn auf, die Nachtruhe einzuhalten. Meine Leute sind alle im Einsatz. Ich habe im Moment keine Streife frei."
Der Anrufer ließ sich darauf ein, wenn auch etwas widerwillig. Es wäre für ihn wesentlich einfacher gewesen, wenn die Polizei das für ihn geregelt hätte! Und auch anonymer!
So ist das nun mal. Die einen wollen feiern, die anderen schlafen. Ein klassischer Interessenskonflikt, für dessen Lösung die Polizei oft herhalten muss. Es ist ein fast unmöglicher Spagat, es dabei beiden Parteien recht zu machen.

„Wie weit sind Sie mit dem Unfall?", tönte es jetzt aus dem Funklautsprecher der Einsatzstreife, die noch mit der Unfallaufnahme auf der Bundesstraße 290 beschäftigt war. „Die Fahrzeuge werden gerade abgeschleppt, dann sind wir fertig", teilte Polizeiobermeister

Steiner der Zentrale mit und ergänzte: „Polizeimeisterin Thiam regelt noch den Verkehr, da die Fahrzeuge immer noch eine Fahrspur blockieren."
Dann dröhnte es blechern aus dem Funklautsprecher: „Wenn Sie dann irgendwann mal fertig sind, bitte sofort melden. Habe einen weiteren Einsatz!", teilte PHK Balbach etwas ungehalten mit.

Steiner verließ sein Dienstfahrzeug und im nächsten Moment passierte es dann. Er wollte gerade die Straße überqueren, als er plötzlich ein lautes Bremsgeräusch hörte. Im nächsten Moment kam ein schleudernder Pkw direkt auf ihn zu. Mit einem schnellen Schritt zurück hinter sein Streifenfahrzeug konnte er Schlimmeres verhindern.
Der Pkw, der ihn um Haaresbreite erwischt hätte, kam ungefähr zwanzig Meter nach dem Polizeifahrzeug zum Stehen. Plötzlich war es totenstill auf der Bundesstraße.
Vorsichtig lief Steiner zu dem Fahrzeug, das weiter vorne angehalten hatte, hin und leuchtet mit seiner Taschenlampe ins Fahrzeuginnere. Drinnen saß eine junge Frau. Kreidebleich! Sie hatte noch beide Hände am Lenkrad und rührte sich nicht von der Stelle.

POM Steiner hatte sich bereits vom ersten Schreck wieder erholt. „Das war jetzt aber knapp!", begann er das Gespräch, nachdem er die Fahrertür geöffnet hatte.

„Ja, ich weiß nicht, was war da überhaupt los? Ich war zu spät, tut mir leid." Die Frau saß immer noch starr auf ihrem Sitz. „Jetzt fahren Sie bitte ganz langsam zur Seite auf den Parkplatz da vorne und warten bis ich zu Ihnen komme. Aber ganz vorsichtig! Vorher geben Sie mir aber bitte noch Ihren Führerschein und Fahrzeugschein."

Nachdem die Unfallstelle geräumt war, konnte die Fahrbahn wieder frei gegeben werden.

PM'in Thiam sammelte die Warnschilder ein und verstaute sie wieder im Streifenwagen.

„Was war denn da hinten bei dir los? Ich habe nur ein Quietschen gehört und dann gesehen, dass du zu einem Auto gelaufen bist."

„Alles okay, war nur eine Frau; schätze in deinem Alter. Die war mit der Situation offensichtlich etwas überfordert. Unser Blaulicht und deine Schilder hat sie vermutlich übersehen. Stehen sonst ja auch nicht da", gab Polizeiobermeister Steiner seiner Kollegin zu verstehen, die etwas unverständlich dreinblickte.

Die Polizeistreife fuhr zum Parkplatz, wo die junge Frau immer noch in ihrem Fahrzeug saß. Immer noch beide Hände auf dem Lenkrad. Immer noch kreidebleich. „Haben Sie sich etwas beruhigt?", fragte Steiner, nachdem er die Fahrertür jetzt zum zweiten Mal geöffnet hatte. Die junge Frau nickte. „Ja es geht wieder, Entschuldigung."
„Wie ich an Ihren Papieren sehe, wohnen sie auch in Bad Mergentheim, Frau Doktor ... Rabenmüller. Wir fahren jetzt langsam voraus und Sie fahren hinter uns her. Oder wollen Sie mit uns heimfahren und Ihr Auto auf dem Parkplatz stehen lassen?"
„Nein, es geht schon wieder. Ich fahre hinter Ihnen her. Danke. Es geht schon."

POM Steiner meldete der Zentrale: „Unfall aufgenommen. Es gab noch einen kleinen Zwischenfall, den wir aber unbürokratisch abgehandelt haben.
Was liegt ansonsten vor?" Steiner ließ die Sprechtaste los.
„Ja! Wir haben noch eine Ruhestörung offen. Fahren Sie zum Bahnübergang Wolfgangstraße. Dort soll aus einem Haus schon den ganzen Abend überlaute Musik laufen.
Telefonisch ist niemand zu erreichen.

Der Beschwerdeführer hat es selbst bisher auch nicht geschafft, für Ruhe zu sorgen und hat jetzt schon das dritte Mal angerufen. Er braucht dringend die Polizei", beendete PHK Balbach seine Mitteilung.

„Ja, fahren an", bestätigte Steiner.

Am Einsatzort angekommen war es tatsächlich so, wie der Anrufer mitgeteilt hatte. Aus einem offenen Fenster im ersten Stock drang extrem laute Musik auf die Straße.

Die gesamte Nachbarschaft und ein Teil der Innenstadt wurden beschallt. Es war inzwischen 03.00 Uhr. Klingeln, klopfen, rufen! Alles wirkungslos. Kein Wunder. Bei diesem Lärm konnte der Verursacher die Polizei überhaupt nicht hören. Entweder war ihm etwas passiert, ein medizinischer Notfall, oder er hat dem Alkohol oder anderen Drogen so sehr zugesprochen, dass er in einen tiefen Schlaf verfallen war.

Offensichtlich wohnten auch keine weiteren Personen in dem Haus.

„Es gibt keine andere Möglichkeit. Wir brauchen eine Leiter. Dann kommen wir durch das offene Fenster in die Wohnung. Das ist die einzige Option", erklärte Steiner seiner Kollegin. „Komm, wir gehen kurz zur Firma Bembé um die Ecke.

Die haben nachts einen Wachmann, der uns bestimmt mit einer Leiter aushelfen kann," forderte Steiner seine Kollegin auf.
Dem Wachmann wurde der Sachverhalt mitgeteilt. POM Steiner schloss mit dem Satz „und deshalb bräuchten wir von Ihnen eine Leiter!" Der Bembémitarbeiter deutete auf eine dunkle Ecke, in der mehrere Leitern in verschiedenen Größen standen, und fragte gleichzeitig: „Wie lang?"
Jetzt schaltete sich die Kollegin Thiam, die auch einen Beitrag zur Sachlage abgeben wollte, etwas vorschnell ein: „So etwa eine viertel Stunde ...!?"
Die beiden Männer schauten sich an, bevor sie in ein lautes Lachen verfielen.
Die Kollegin konnte sich dieses für sie komische Verhalten der beiden Männer zunächst überhaupt nicht erklären.
„Vier Meter Länge müssten genügen", gab Steiner mit einem Seitenblick auf seine Kollegin zu verstehen.
Mit der vier Meter langen Leiter konnte tatsächlich innerhalb einer viertel Stunde für Ruhe gesorgt werden. Dadurch hatte natürlich auch die Kollegin mit ihrer Antwort recht gehabt! Eigentlich war es nicht fair, sich über die Kollegin, aufgrund ihrer Antwort, lustig

zu machen. Auch gerade deshalb nicht, weil diese Kollegin Steiner ans Herz gewachsen war. „Man mag über Frauen bei der Polizei denken, wie man will, aber mit der Polizeimeisterin Thiam konnte man Pferde stehlen", hörte man Steiner oft in Kollegenkreisen erzählen.

Steiner war durch das offene Fenster in die Wohnung gelangt. Der Ruhestörer lag tatsächlich angezogen und völlig betrunken im Wohnzimmer und seine Stereoanlage spielte, kurz bevor Steiner sie ausschaltete, das Lied *One more night* von Bob Dylan.
Es war nur eine weitere Nacht und auch ein weiterer Nachtdienst.
Eine Nacht von vielen (One more night)!

Die Anzahl der Nachtdienste dürfte im Laufe eines schichtdienstleistenden Polizeibeamten bei ca. 2500 liegen!
Als Steiner im Jahr 1974 im Schichtdienst angefangen hatte, bekam er fünfzig Pfennige Nachtzulage pro Stunde ...

Geheimtreffen

Vollmond. Der Himmel sternenklar. Irgendwie gespenstisch. Diese Unendlichkeit. Nicht zu begreifen, ob und wie sie endet.

Da die Nacht schon sehr nahe an den Tag kam, der sich langsam aufdrängte, fiel den beiden Polizeibeamten Weber und Ordenewitz der restliche Nachtdienst jetzt nicht mehr ganz so schwer. Oder bildeten sie sich das nur ein?
Es war 04.10 Uhr. Deutschland schlief noch! Weber hatte die Stadt und die Industriegebiete schon mehrmals abgegrast und fuhr jetzt auf der L 2251 hinaus auf's Land. Das war nötig. Er hatte genug von der Stadt. Feierabend war erst um 6.00 Uhr.
Noch knapp zwei Stunden.
Abwechslung musste sein. Also raus auf's flache Land. Das war nötig.
Je näher der Morgen kam, desto ruhiger wurde es im Streifenwagen. Jetzt herrschte schon über zehn Minuten völlige Stille. Man hing seinen Gedanken nach. Auch Funkstille von dem Gerät, das sonst pausenlos durch die Kollegen der anderen Reviere gequält wurde.

Man wartete auf den Feierabend. Jetzt wurde nur noch das bearbeitet was kam, was unbedingt sein musste. Mit aller Gewalt gesucht wurde jetzt nichts mehr! Zumindest von den meisten Kollegen.
Weber fuhr an den Weinbergen vorbei und die Polizeistreife erreichte jetzt das Lagerhaus von Markelsheim.
Routinemäßig glitten die Augenpaare der beiden jungen Polizeibeamten zu diesem sogenannten gefährdeten Objekt unterhalb der Straße an der Tauber. Das Gebäude stand außerhalb der Ortschaft. Also für Einbrecher recht gut geeignet. Keine Nachbarn.
Ungestört!
War da unten nicht ein Fahrzeug? Ohne Licht? Um diese Zeit? Tatsächlich!
Der Pkw bewegte sich jetzt nach vorne und erst kurz danach gingen die Scheinwerfer an. Das Fahrzeug entfernte sich anschließend in Richtung Ortskern.
Die beiden Polizisten fuhren oben auf der parallel dazu verlaufenden Hauptstraße etwa einhundert Meter hinter dem Pkw. Hatte der Fahrer sie schon gesehen und eventuell dann auch erkannt?
Um diese Zeit an diesem Ort. Da musste doch etwas faul sein!

Weber beschleunigte so stark, dass es Ordenewitz nach hinten in den Sitz drückte.
Er fuhr nun schon auf Höhe des verdächtigen Pkw's und gewann bald sogar etwas Vorsprung. Dann rechts abbiegen. Das andere Fahrzeug musste jetzt jeden Moment die Straße kreuzen. Weber nahm das Gas weg, bremste sicherheitshalber. Tatsächlich schoss im nächsten Moment der besagte Pkw ohne seine Geschwindigkeit zu vermindern über die Kreuzung und fuhr dann geradeaus weiter auf dem dortigen Ortsverbindungsweg in Richtung Elpersheim. Nur durch die Vorsicht von Weber konnte ein Zusammenstoß verhindert werden. Er schlug das Lenkrad links ein, drückte das Gaspedal durch und nahm in Hollywood-Manier die Verfolgung auf.
Reifen quietschten. Der Streifenwagen brach aus, schleuderte nach links und rechts, bis ihn die Beschleunigung wieder stabilisierte.
Tatsächlich kamen die beiden Polizeibeamten dem Flüchtigen immer näher. Nach etwa zwei Kilometern klebte der Streifenwagen an der hinteren Stoßstange des Fluchtwagens.
Blaulicht sowie das im Display erscheinende Stopp Polizei wurden von dem Fahrer ignoriert. Er wollte einfach nur weg. Offensichtlich wollte er mit der Polizei nichts zu

tun haben. Der Fahrer wollte den unbequemen Gegner abschütteln.
Auch das kurzzeitig eingeschaltete Martinshorn brachte keine Wirkung. Er wusste, wer da hinten fuhr. Deshalb raste er weiter.
Irgend etwas stimmte da nicht! Aber was?
In der nächsten Ortschaft fuhr der VW Golf, ohne seine Geschwindigkeit zu verringern, über sämtliche Haltestellen der Kreuzungen und Einmündungen. Dabei durchquerte er den Kreisverkehr am Schulgelände sogar mehrmals.
Die Polizei immer hinten dran.
Kinderkarussell!?
Die Polizeibeamten versuchten die möglichen Maßnahmen einzuschätzen. Wer sitzt da vorne am Steuer? Ein Einbrecher? Oder vielleicht nur ein Ehebrecher, der ein stilles Plätzchen gesucht hatte? Ist Alkohol mit im Spiel? Also *nur* eine Trunkenheitsfahrt? Dann wäre es eventuell *nur* eine Ordnungswidrigkeit. Oder sollte es *nur* ein Spiel mit der Polizei sein?
„Vorsicht Wolfgang", versuchte Ordenewitz die Situation zusammenzufassen und die möglichen Maßnahmen einzuschätzen. „Wir wissen nicht, wer da vorne drin sitzt. Wir bleiben dran, aber drängen ihn nicht von der

Straße ab. Irgendwann muss er aufgeben. Verstärkung ist bereits unterwegs, aber wir wissen nicht, wie lange es noch dauert. Also zunächst mal dranbleiben! Unser Tank ist noch voll!"
Mit dieser Äußerung griff Ordenewitz dem Sachverhalt unbewusst weit voraus.

Die *Tour* der beiden Fahrzeuge ging weiter in Richtung Schäftersheim. Dort im Ortskern immer wieder durch die schmalen Gassen. Weber hatte alles im Griff und klebte zunächst an der hinteren Stoßstange des Vorausfahrenden. Doch der Fahrer vorne kannte sich sehr gut aus, schlug immer wieder im letzten Moment einen Haken und konnte so langsam etwas Abstand gewinnen.

„Mir reicht's, ich ramm' ihn jetzt!", zeigte sich Weber zu allem bereit und trat aufs Gas.
„Nein, bloß das nicht, wir wissen nicht, was da vorne los ist. Es könnte auch ein Beifahrer oder eine Beifahrerin im Fahrzeug sein. Wir würden dann eventuell einen unschuldigen Menschen gefährden. Und wir wissen nicht, warum der abhaut. Vielleicht gibt es eine ganz schlüssige Erklärung. Wir wollen keine Verletzten. Den kriegen wir auch so!"

War Ordenewitz nur vorsichtig oder doch etwas ängstlich?
Eigentlich hatten die beiden Polizeibeamten die Situation im Griff. Der Pkw vor ihnen war immer im Blickfeld. Das Kennzeichen war inzwischen an das Polizeirevier durchgegeben worden. Das Fahrzeug war zugelassen und nicht gestohlen gemeldet. Der Fahrzeughalter somit bekannt.
Verstärkung war inzwischen unterwegs. Also nichts riskieren, keinen Übergriff!

Und doch passierte es. Genau das, was nicht passieren durfte. In einer engen Ortsdurchfahrt täuschte der Fahrer wieder an, geradeaus zu fahren, bog dann aber nach einem starken Bremsmanöver nach links ab, dann gleich wieder nach rechts und plötzlich war er aus dem Sichtfeld von Ordenewitz und Weber verschwunden. Wie in Luft aufgelöst.
Aus.
Vorbei.
Weg.
Verloren!
Die anschließende Fahndung verlief ohne Erfolg. Auch die inzwischen dazu gekommene zweite Streife hatte nicht das Glück, den Flüchtenden noch irgendwo anzutreffen.

Weg, er war endgültig weg!
Die Halteraddresse wurde angefahren und sofort verdeckt mit einem Zivilfahrzeug observiert. Auch nichts. So einfach machte er es den beiden Beamten nun doch nicht.
06.00 Uhr. Ablösezeit. Der Sachverhalt wurde nicht gerade freudestrahlend an die Frühschicht übergeben. Die beiden Beamten, Pianka und Maier, lösten Weber und Ordenewitz ab. In der Nähe des Wohnortes vom Fahrzeughalter observieren sie weiter. Vielleicht kommt er doch noch!
Aber es tat sich nichts mehr. Die Kollegen brachen nach drei Stunden ab.
Vorbei.
Ende!
Diesmal hatte der andere gewonnen!
Erst am späten Nachmittag fand man den flüchtigen Pkw auf einem Feldweg bei Schäftersheim stehend.
Leer! Ohne Benzin. Ohne Fahrer. Ohne verwertbare Spuren.
Es hätte also am Morgen nicht mehr lange gedauert und die Streife hätte den Pkw als leichte Beute stellen können, der aufgrund des Benzinmangels irgendwann stehengeblieben wäre.
War aber nicht so.

„Ich hätte ihn doch rammen sollen", meinte Weber auf dem Polizeirevier. Keiner der Kollegen stimmte ihm zu oder widersprach ihm. Auch der Dienstgruppenführer, PHK Knörzer, steuerte nur einen kritischen Blick zur Aussage von Weber bei.

„Ja vielleicht", räumte Ordenewitz gegenüber Weber ein.
„Vielleicht."
Der andere hatte diesmal gewonnen. Der Pkw hatte fünfundfünfzig PS! Weber und Ordenewitz hatten den Schaden.
Für alles Weitere sorgten die Kollegen.

Der Fahrzeughalter gab nachträglich an, dass er seinen Pkw einem Verwandten ausgeliehen habe. Zeugnisverweigerungsrecht!
Ansonsten machte er keinerlei Angaben zur Sache.

In das Lagerhaus Markelsheim war in dieser Nacht nicht eingebrochen worden.

Alles in allem war Ordenewitz froh, dass niemand zu Schaden gekommen war.

Wenn Hilfe immer Hilfe wäre

Und wenn du ein Kind siehst, dann hast du Gott auf frischer Tat ertappt, soll Martin Luther irgendwann einmal gesagt haben. Vor langer Zeit. Vor sehr langer Zeit. Vor etwa 500 Jahren.
Ein guter Spruch. Ein sehr guter Spruch!
Aber nur sehr selten mit dem Polizeiberuf zu vereinbaren. Auch im Zusammenhang mit Kindern, die aufgrund ihrer Unterlegenheit oft oder immer häufiger als Geschädigte auftreten, werden sehr viele Straftaten begangen. Zu viele und leider immer wieder.

Polizeimeisteranwärterin Neumann war im Rahmen eines Praktikums erst seit kurzem beim Polizeirevier, hatte sich aber in den letzten vier Wochen sehr gut angelassen.
Man(n) arbeitete sehr gerne mit der Kollegin zusammen.
Mensch, ist die noch jung, dachte Polizeioberkommissar Lehmann über die Einundzwanzigjährige nach und begann dabei zu rechnen: *Einunddreißig Jahre!*
Einunddreißig Jahre liegen zwischen uns. Wie schnell doch die Zeit vergeht. Und als der

Oberkommissar in der Fortführung seiner Gedanken feststellte, dass seine jüngste Tochter inzwischen auch schon achtzehn Jahre alt war, schreckten ihn die lauten Worte des Dienstgruppenführers, PHK Karrer, hoch.
„Ihr müsst raus, 'ne Vermisstensache, du und die Neumann! Wo steckt die denn schon wieder? Auf dem Klo oder vor dem Spiegel?"
„Ich sag es ihr", unterbrach Lehmann die weiteren Spekulationen seines Vorgesetzten.
Die Kollegin war schnell gefunden. Sie hatte die Vollständigkeit des Polizeieinsatzfahrzeugs selbstständig überprüft und gleich alles eingeräumt. Alle Gerätschaften waren im Polizeifahrzeug und man war einsatzbereit.
Also weder auf dem Klo, noch vor dem Spiegel.
Lehmann musste nur noch auf dem Beifahrersitz Platz nehmen und los ging es in Richtung Stadtmitte.
Die Heimleiterin vom Jugendheim St. Wolfgang hatte ein Mädchen vermisst gemeldet.
Zunächst einmal durch die Fußgängerzone fahren und dann die Bushaltestellen abklappern.
Es kommt fast regelmäßig vor, dass die Kinder, die in Heime abgeschoben werden, es dort einfach nicht mehr aushalten können und

dann abhauen. Meist wissen sie dabei zunächst gar nicht wohin.
Es war immer dasselbe, die jungen Menschen haben im Grunde genommen doch gar keine Chance. Zunächst werden sie der Mutter weggenommen. Einen Vater gibt es meist nicht und wenn dann *nur* einen Stiefvater. Wobei weggenommen der falsche Ausdruck ist. Die Mutter kommt mit der Erziehung nicht mehr zurecht, hat die Tochter nicht mehr im Griff, es kommt zu Streitigkeiten und dann ist das Kind, das man doch so sehr liebt, zum ersten Mal weg.
Wird zwar von der Polizei wieder zurückgebracht, aber es geht nur kurze Zeit gut.
Die Chemie zwischen Mutter und Tochter stimmt einfach nicht mehr. Wenn es dann keinen anderen gemeinsamen Weg mehr gibt, wählt man die beste aller schlechten Möglichkeiten und schickt sein Kind ins Heim. Eine fremde Stadt, ein fremdes Haus, fremde Menschen, die ebenfalls ihre eigenen Probleme haben und dann noch der Kampf mit sich selbst, die Enttäuschungen zu verdauen.
Schlechte Voraussetzungen.
Nur die Starken schaffen das. Aber immerhin hat jeder seine Chance.
Projekt Chance?

„Also jetzt die Personenbeschreibung, sind Sie schreibklar?", tönte Dienstgruppenführer Sigi Karrer grell aus dem Lautsprecher des Streifenwagens.

„Ungefähr hundertsechzig Zentimeter groß, glatte lange Haare, blond, Jeans und so ein rosabraungestreiftes Sweatshirt mit Kapuze. Die Kleine wollte vermutlich heim zu ihrer Mutter. Hat aber fast kein Geld bei sich."

„Haben klar", bestätigte Lehmann und schaute sich intensiv die jungen Mädchen auf den Gehwegen der Poststraße an. Dieses Mal natürlich aus rein dienstlichen Gründen. „Nee passt nicht, die auch nicht, zu groß und die kenne ich", waren seine Kommentare beim Herausschauen aus dem Seitenfenster.

PMA'in Neumann schlug vor, direkt zum Bahnhof zu fahren, sie hätte da so ein Gefühl.

Aha, Gefühle hat sie auch, dachte Lehmann schmunzelnd, bevor er sich wieder auf seine Suche konzentrierte.

Aber, vielleicht hat sie sogar Recht, also direkt zum Bahnhof, gar nicht so dumm, dachte er weiter.

„Da, ich glaube, ich habe sie gesehen. Dort am Zeitungsstand, in der Bahnhofshalle. Das könnte sie doch sein. Die Beschreibung passt

haargenau!", überschlug sich fast die Stimme der jungen Kollegin.
Lehmann fuhr an der Tür vorbei und hielt dann aber sofort an. "Du gehst jetzt um das Gebäude herum und von hinten rein, ich vorne durch den Haupteingang. Aber vergiss nicht, es ist ein ausgerissenes Kind, keine Straftäterin", versuchte Lehmann den ersten Elan seiner Kollegin zu bremsen.
"Ja, ja! Geht klar."
Im nächsten Moment hatte die junge Kollegin das Dienstfahrzeug bereits verlassen.
Als Lehmann die Bahnhofshalle durch den Haupteingang betrat, war er schon von der Ausreißerin erkannt worden. Sofort drehte sie sich weg und flüchtete in Richtung Hinterausgang, wo sie im Bereich der dortigen Gleise der Neumann direkt in die Arme lief.
Die Kollegin hielt das Mädchen gekonnt fest und hatte die Ausreißerin schnell unter Kontrolle. So hatte es Lehmann, der alte Fuchs, auch geplant. Sie sollte ihren Erfolg haben.
Stolz präsentierte PMA'in Neumann dem älteren Kollegen ihre Beute.
Beute? Nein, falsch, es war Lehmann im ersten Moment nur so vorgekommen.
Die Ausreißerin sah sofort ein, dass hier Schluss war und nur wenige Minuten später

saß sie mit hängendem Kopf und Tränen in den Augen im Streifenwagen auf dem Weg zurück in ihr Heim.
Ihr Heim?
Die zuständige Betreuerin, Frau Fischer, war sichtbar erleichtert.
Lehmann war ermittlungstechnisch auch an den Hintergründen interessiert. Nachdem Frau Fischer das Mädchen auf ihr Zimmer gebracht hatte, begann sie zu erzählen, wie alles gekommen war.
„Sie wollte zurück zu ihrer Mutter", begann sie ihren Bericht, „aber es gibt da ein Problem und das ist der Stiefvater. Wie so oft! Wir vermuten, dass er sie schon vergewaltigt oder zumindest sexuell belästigt hat, aber wir können es ihm nicht nachweisen. Die Mutter schützt ihn. Die Tochter hatte schon einmal ausgesagt, dann aber, als wir die Polizei ins Spiel bringen wollten, alles wieder zurückgezogen, da ihr die Mutter Druck gemacht hatte. Wenn sie irgendwie das Verhältnis zu ihrer Mutter aufrechterhalten wollte, dann musste sie das auch tun. Ein Teufelskreis ... und leider kein Einzelfall."

Zurück zur Mutter und gleichzeitig in die Höhle des Löwen, dachte sich Lehmann und erinnerte die Leiterin des Jugendheims daran, dass sie doch jetzt noch einmal nach der Ausreißerin sehen und ihr Beistand leisten sollte.

Im Streifenwagen war es bereits seit der Wegfahrt vom Heim sehr ruhig geblieben. PMA'ín Neumann machte sich so ihre Gedanken, bis sie sukzessive wieder zu ihrer Sprache zurückfand. „Mensch, haben wir es doch gut, wenn man überlegt, was da draußen so alles passiert. Da müsste ich mich eigentlich jeden Tag bei meinen Eltern bedanken. Aber was mich am meisten stört, wir können zwar helfen, aber nur bis zu einer bestimmten Stelle. Dann sind andere dran und wir sind raus.

Mit den Worten „Meinst du, wir haben ihr überhaupt geholfen?", beförderte Lehmann seine Kollegin erneut in ihre Gedankenwelt.

Nachmittagsschlaf

Schuster wälzte sich im Bett hin und her. Von links nach rechts, von rechts nach links, auf den Rücken, auf den Bauch. Nein, es ging nicht, er konnte einfach nicht einschlafen.
Dieses monotone Geräusch, immer wiederkehrend. Er wartete direkt darauf. Obwohl er eigentlich schlafen wollte … schlafen musste.
Es war 15.30 Uhr.
Samstagnachmittag.
Der Nachbar Seppl Rupp hatte das ganze Wochenende frei. Die Sonne schien.
Heute war der Tag, um sein Holz für den gesamten Winterbedarf zu sägen.
Samstagnachmittag. Der ideale Zeitpunkt.
Es würde ein kalter Winter werden. Seppl Rupp brauchte viel Holz!

Schuster wusste in der kurzen Ruhepause der Sägeintervalle sofort, dass es jetzt gleich wieder losgehen würde. So konnte er nicht schlafen; er hatte heute Morgen Frühdienst von 06.00 Uhr bis 13.00 Uhr gehabt. Dann hatte er eine Kleinigkeit gegessen und sich anschließend in sein Bett gelegt. Er musste schlafen, denn bereits um 20.00 Uhr fing der

Nachtdienst an und der ging bis 06.00 Uhr am nächsten Morgen. Das hieß zehn Stunden wach sein!

Vielleicht sollte ich am Montag früh von 04.00 Uhr bis 06.00 Uhr mein Holz sägen, dachte Schuster. Dann verwarf er aber sofort wieder seinen irrationalen Gedanken.

Es würde keine fünfzehn Minuten dauern und man würde mich in die geschlossene Abteilung der Psychiatrie einweisen ... obwohl ich doch genau dasselbe tue, wie der Seppl! Aber wenn zwei das Gleiche tun, ist es halt noch lange nicht dasselbe.

Heute Nacht würden sie im Dienst auch nicht zur Ruhe kommen. Es war Samstag und beide Diskotheken hatten geöffnet. Bis 04.00 Uhr. Dann kommen sie heraus, die angetrunkenen Tänzer und Besucher und prügeln sich auf der Straße. Da reicht schon die allerkleinste Kleinigkeit. Ein versehentlicher Rempler. Ein falsches Wort. Die Polizei muss kommen, um das Ganze zu regeln. Und genau die steht dann aber oft selbst in der Kritik. Wird schnell zum Buhmann. Jeder versucht den Sachverhalt so darzustellen, als sei er selbst völlig unschuldig.

Andere wiederum wollen nur Recht haben. Unbeteiligte Dritte mischen sich ein.

Es bildet sich eine Menschentraube, es wird geschrien, gejodelt, geklatscht und gepfiffen und es werden Handyaufnahmen gefertigt und dann überall herumgezeigt oder sogar ins Netz gestellt.
Und die Polizei steht mittendrin ... nicht nur dabei!
Jetzt befasse ich mich schon mit einem Fall, der erst morgen früh so oder so ähnlich kommt", dachte Schuster und drehte sich wieder auf die andere Seite.
Aber da lag er vor zehn Sekunden auch schon. An Schlafen war nicht mehr zu denken. Beide Ohrstöpsel waren inzwischen herausgefallen.
Er knipste das Licht an und nahm sein Buch in die Hand, das auf dem Nachttisch lag.
Bedrohung im Mittelalter stand auf dem Einband. *Von wegen im Mittelalter, es gab sie früher, heute und wird sie immer geben, diese sinnlose Gewalt, die nur zerstört und Leid bringt.* Schuster legte das Buch wieder ungelesen weg, suchte seine Ohrstöpsel und knipste, nachdem er sie nicht gefunden hatte, das Licht wieder aus. Versuchte erneut zu schlafen. Eine Stunde später ist es beim Versuch geblieben.
Seppl Rupp sägte noch fleißig sein Holz!

Der Nachtdienst ist einfach gegen die Natur des Menschen, dachte Schuster, als er aufgestanden war und benommen zur Dusche lief. In seinem Kopf drehte sich alles. Der Mensch ist so geschaffen, dass er am Morgen aufsteht und am Abend oder spätestens in der Nacht müde wird. Der Körper lässt sich einfach nicht täuschen. Es ist zwar möglich, Nächte durchzumachen, doch dies sollte nicht zur Regel werden. Bei der Polizei im Schichtdienst ist es aber so.

20.00 Uhr: Dienstbeginn. Nichts ist so regelmäßig wie der Wechselschichtdienst.
Und es soll Leute geben, die ihr ganzes Leben lang nur Tagesdienst machen oder gemacht haben.
Tatsächlich hatte Christian Schuster recht gehabt. Gegen 03.55 Uhr wurde folgendes über Notruf gemeldet: „Kommen Sie schnell! Meinem Freund wurde das Handy gestohlen. Ich weiß wer es war. Er streitet aber alles ab. Außerdem ist er stark betrunken. Es ist schon zu Handgreiflichkeiten gekommen. Er wird gerade noch festgehalten, aber da bahnt sich etwas an. Jetzt reißt er sich los und greift meinen Freund mit einem Messer an.
Kommen Sie schnell! Beeilen Sie sich!"

Ich habe mein ganzes Berufsleben lang Schichtdienst bei der Polizei gemacht, habe es trotzdem gut überstanden und darf jetzt meinen Ruhestand genießen!

Hans G. Hirsch

Jede Arbeit an anderen setzt Arbeit an sich selbst voraus.

Albert Schweitzer

Über den Autor

Hans G. Hirsch wurde 1955 in Öhringen geboren.

Er hat seine Polizeiausbildung 1972 bei der Bereitschaftspolizei Göppingen begonnen.

1974 wurde er beim Polizeirevier Ditzingen im Streifen- und Verkehrsdienst verwendet und verrichtete dort bereits Wechselschichtdienst. Seinen Polizeifachlehrgang absolvierte er 1975 in Karlsruhe.

1977 erfolgte dann die Versetzung zum Polizeirevier Bad Mergentheim, wo er weitere vierunddreißig Jahre im Schichtdienst arbeitete.

2011 wurde er auf eigenen Wunsch hin zur Autobahnpolizei Distelhausen (ebenfalls Schichtdienst) versetzt und durfte dann abschließend im Jahr 2015 als Polizeihauptkommissar gesetzmäßig in den Ruhestand gehen.

Er ist verheiratet, hat drei Kinder und fünf Enkelkinder. Seine Hobbys sind neben seiner Familie, Motorradfahren (BMW R 1200 & Triumph Bonneville), Musik von Bob Dylan, Woody Guthrie, Loretta Lynn und CSN&Y, die MotoGP, die Isle of man, sowie der 1. FC Köln.

Hans G. Hirsch ist Mitglied bei den Polizeipoeten und hat inzwischen vier Bücher veröffentlicht.

Herzlichen Dank

**Janina, Linda, Tobi,
Priska, Andy & Sybille**